照降町四季（一）

初《はつ》詣《もう》で

佐伯泰英

文藝春秋

目次

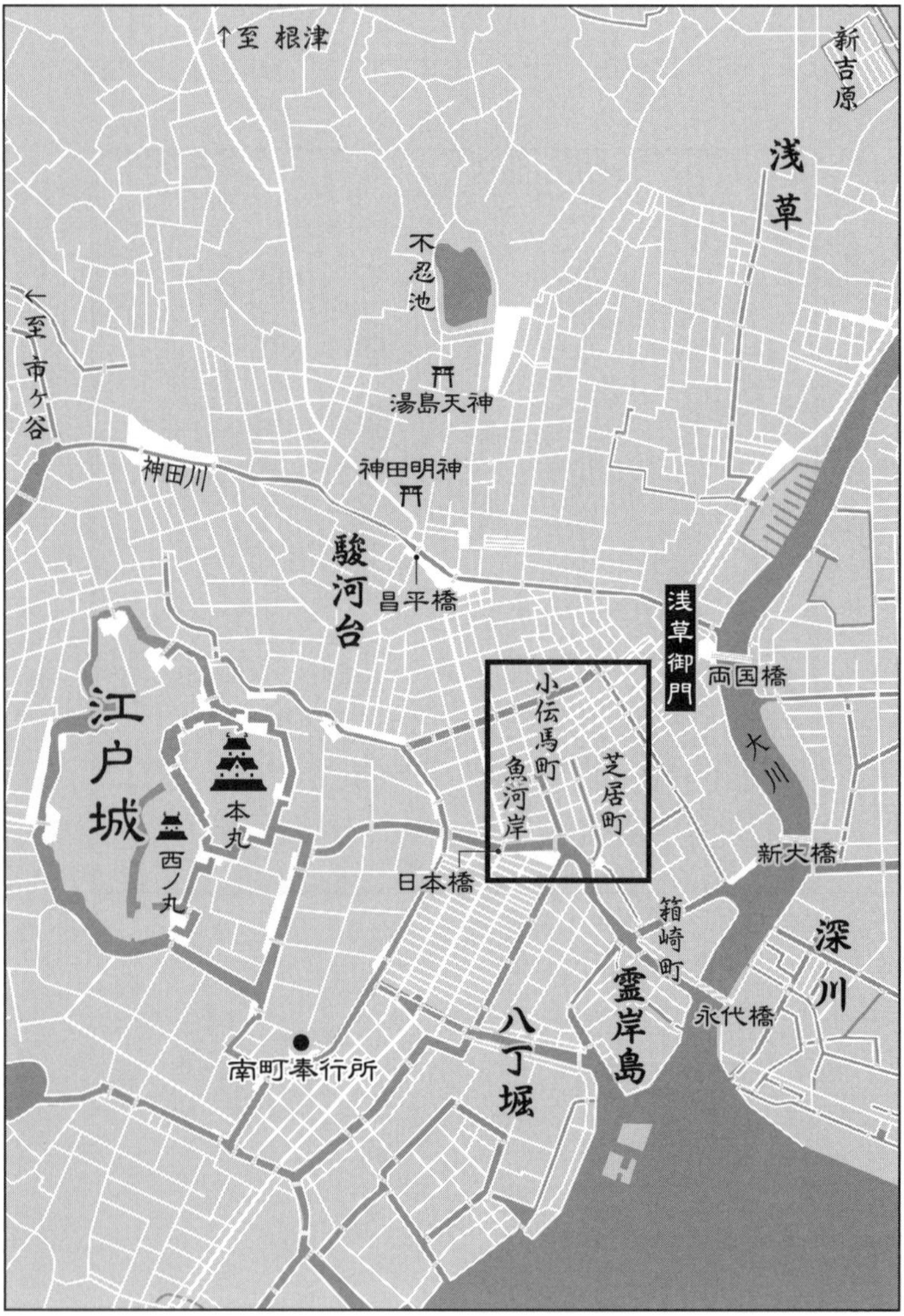

↑至 根津
新吉原
浅草
不忍池
←至 市ケ谷
湯島天神
神田川
神田明神
駿河台
昌平橋
浅草御門
両国橋
江戸城
本丸
西ノ丸
小伝馬町
魚河岸
芝居町
大川
日本橋
新大橋
箱崎町
深川
霊岸島
永代橋
八丁堀
南町奉行所

照降町四季　江戸地図

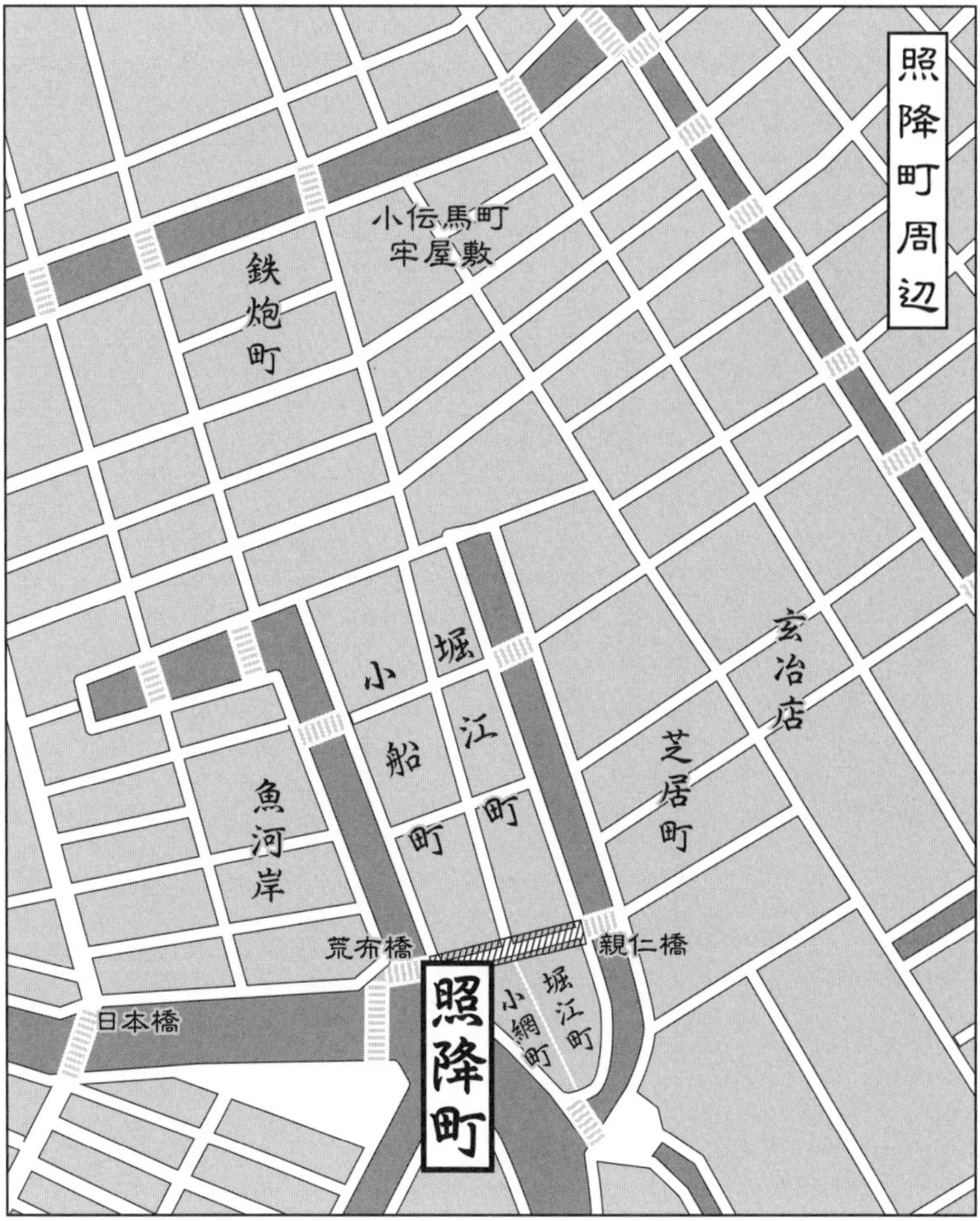

照降町周辺
小伝馬町
牢屋敷
鉄炮町
玄冶店
堀江町
小船町
芝居町
魚河岸
荒布橋
親仁橋
日本橋
照降町
堀江町
小網町

「照降町四季《てりふりちょうのしき》」　おもな登場人物

佳乃《よしの》　照降町「鼻緒屋」の娘。三年前、恋人の三郎次と駆け落ちし町を飛び出した。
弥兵衛《やへえ》　佳乃の父。鼻緒や下駄を扱う「鼻緒屋」二代目。腕の良い職人。
八重《やえ》　佳乃の母。
八頭司周五郎《やとうじしゅうごろう》　もと豊前小倉藩士の浪人。二年ほど前から「鼻緒屋」で鼻緒挿げの修業をしている。
宮田屋源左衛門《みやたやげんざえもん》　下り傘・履物問屋「宮田屋」の主。暖簾わけした「鼻緒屋」の後ろ盾。
松蔵《まつぞう》　「宮田屋」の大番頭。佳乃の腕を見込んでいる。
若狭屋喜兵衛《わかさやきへえ》　下り雪駄問屋「若狭屋」の主。「宮田屋」と並ぶ老舗の大店。
幸次郎《こうじろう》　箱崎町の船宿・中洲屋の船頭。佳乃の幼なじみ。
大塚南峰《おおつかなんぽう》　小船町で診療所を開く医者。長崎で蘭方医学を学んだ。
準造《じゅんぞう》　「玄治店の親分」と慕われる十手持ち。南町奉行所の定町廻同心に仕える。
三郎次《さぶろうじ》　佳乃と駆け落ちした、札付きのワル。神奈川宿の賭場に借金がある。
藪之内中之丞《やぶのうちなかのじょう》　周五郎の武家時代の朋輩。
宇佐正右衛門《うさしょうえもん》　周五郎の武家時代の朋輩。
梅花《ばいか》　吉原の大籬《おおまがき》「雁木楼《がんぎろう》」の花魁。当代一の権勢を誇る。

初詣で

照降町四季（一）

カバー写真　山元茂樹
装丁　　　　大久保明子
地図製作　　木村弥世

本書は書き下ろし作品です。

第一章　出戻り

一

荒布橋《あらめばし》の東詰に小さな風呂敷包み一つを手にした女が佇んでいた。

文政十一年（一八二八）もあと数日で終わろうという夕暮れのことだ。

寒い宵だった。

荒布橋は、その昔、「志あん橋」もしくは「志あんはし」と記されていたそうな。明暦の大火以前、橋を渡って遊里葭《よし》町や葺屋《ふきや》町に、

「行こうか戻ろうか思案」

する橋ゆえに「思案橋」と呼ばれるようになった。官許の遊里が浅草田圃に移らされて、「思案橋」より「荒布橋」のほうが住人に定着した。荒布橋の名の起こりは橋詰で若布やアラメなど海藻類を売っていた露店があったからという。

そんな荒布橋に細身の若い女は立っていた。その背後に日本橋の魚河岸が暗く広がっていた。

夜空からちらちらと白いものが落ちてきた。

荒布橋の東詰に一本の白梅の老木があった。雪はからまるように白梅の枝に降り積もって白く染めていた。梅の古木は照降町《てりふり》の御神木とされ、正月にはごつごつとした幹に御幣が下がった注連縄《しめなわ》が巻かれた。

三年ぶりに馴染みの梅の木に触れた女は、手を差し伸べて雪のひとひらを掬《すく》った。雪は冷え切った女の掌で一時の安住の地を得たように留まっていた。

照降町の東側からやってきた夜鳴き蕎麦屋が、ちらりと女の横顔を見て立ち止まった。そして、恐る恐る声をかけた。

「おめえさん、鼻緒屋《はなお》のよっちゃんじゃねえか」

この界隈《かいわい》では鼻緒屋の娘の佳乃《よしの》のことをよっちゃんとか、よしっぺとか呼んでいた。

女がゆっくりと夜鳴き蕎麦屋を振り返った。すると夜鳴き蕎麦屋の提灯《ちょうちん》の灯りが若い女の顔を浮かび上がらせた。女の細い姿態と顔には男心をくすぐるような暗い色気と疲れがあった。

「や、やっぱりよ、よっちゃんだな」

「夜鳴き蕎麦屋のおじさん、元気」

「おれが元気なんてのはどうでもいいや。よっちゃんよ、お父つぁんのことを聞いて戻ってきたか」

「えっ、お父つぁんになにがあったの」

「知らねえのか、喘息《ぜんそく》だよ。不意に咳が出てよ、息が出来なくなるんだよ、仕事どころじゃねえんだ。早く帰ってやんな。ここんとこ滅法寒いや、病がぶり返しているかもしれねえや」

よっちゃんと呼ばれた女は夜鳴き蕎麦屋に頷《うなず》いた。

夜鳴き蕎麦屋が橋を渡って地引河岸のほうに去っていった。

雪は本降りになっていた。

（戻ってきちゃった）

佳乃はしばらくぶりに触れた梅の幹に心の中で語りかけていた。

（許してくれるかな、お父つぁん）

雪が積もる木の幹に手を置いた佳乃は己の胸に問うた。冷たい北風が佳乃の沈んだ胸を冷やしていった。

（戻るところは照降町の家しかないもの）

思い惑う佳乃の心を押すように梅の古木が雪交じりの筑波下ろしに揺れた。思い切って梅の幹から手を離すと土地の人には「照降町」と呼ばれる横町へと歩き出した。

この照降町は両側町で道は、西の魚河岸と東の芝居町や旧吉原に連なる葭町を結ぶように抜けていた。

土地の住人は、三方を堀に囲まれた界隈を小網《こあみ》町横町とも堀江《ほりえ》町横町とも呼ばず、ただ「シマ」と称した。

佳乃の実家の鼻緒屋もシマ内の照降町にあった。この両側町にはとりわけ傘、雪駄《せった》、下駄《げた》を売る店が多く軒を連ねていた。晴れの日には雪駄が、雨の日には傘がよく売れた。そんなわけで「照降町」の町名が生まれた。

佳乃の家は、間口三間半の小店だ。

鼻緒だけでなく下駄も草履《ぞうり》も扱った。

爺様の弥吉《やきち》が長年勤めた傘・履物問屋の宮田屋源左衛門《みやたやげんざえもん》方から暖簾《のれん》わけしてもらい、鼻緒屋を始めたのだ。それに古びた下駄や草履の鼻緒の挿《す》げ替えもやった。

父の弥兵衛《やへえ》も本家の宮田屋に義理を立てて鼻緒や安物の下駄だけを扱い、屋号もつけず、慎ましやかに鼻緒屋を営んできた。

照降町の中ほどにある鼻緒屋の表戸は閉じられていた。

佳乃は三年ぶりに店の前に立って、遠慮げにこつこつと潜《くぐ》り戸を叩いた。だが、雪と風で佳乃の叩く音は聞き分けられないのか、なんの応答もなかった。

しばし迷った末、佳乃は狭い路地に回り、裏戸を叩いた。すると一階の一間から声がして台所に身を移したか、

「だれですね」

と母親の八重《やえ》の声がした。

「おっ母さん、わたし」

佳乃は潜《ひそ》み声で答えた。

「だれだって、鼻緒が切れたのかね」

「おっ母さん、佳乃よ」

とこんどは少しだけ大きな声で答えた。

「えっ」

と驚いた八重が土間に下りて裏戸の内側から気配を窺った。そんな沈黙の間ののち、

「佳乃、ほんとうに佳乃かえ」

と聞き返し、

「佳乃です」

「おまえ、独りなの」

「……独りです」

との答えに、裏戸が慌ただしく開けられ、微かに行灯《あんどん》の灯りが佳乃の顔を浮かばせた。

八重と佳乃は見詰め合った。八重はなんとなく事情を察したようだ。

「佳乃……」

「おっ母さん、入っていい」

「お、おまえの家だよ」

「お父つぁんは」

八重は後ろを振り向いて、

「佳乃、まずお父つぁんに謝りな。ずっと心配していたんだから」

「ご免なさい」

と北風に横なぐりになった雪が路地に吹き込み、震えながら佳乃は母親に詫びた。

「はやく入りな」

母親が佳乃を裏戸の中へと入れた。

奥から洩《も》れる行灯の灯りで台所の様子が窺えた。三年前に家を出たときから何一つ変わっていないように佳乃には見えた。

「おっ母さん、お父つぁんが喘息だって、夜鳴き蕎麦屋のおじさんが教えてくれた」

「吉つぁんが言ったか。この寒さはいけないよ」

そのとき、土間に接した板の間から、みゃう、と猫の鳴き声がした。

「うめ、元気だったの」

佳乃が板の間に寄ると茶、黒、白と入り混じった猫がのそのそと姿を見せた。佳乃を覚えているのかどうか、差し出す手の匂いを嗅いだ。

荒布橋の老梅の根もとで鳴いていた子猫を佳乃が拾ってきて飼い猫にして、うめと名をつけたのだ。そして、三月《みつき》も経ったころ、佳乃は照降町の家を出ていた。三年ぶりに再会したうめを佳乃はそっと抱き上げた。うめの温もりが佳乃の冷えた体に伝わり、

(家に戻ってきた)

と実感させてくれた。

「佳乃、うめよりお父つぁんに詫びるのが先だよ」

母親が娘を連れて台所に接した畳部屋に入っていった。綿入れを着た老人が火鉢を抱え込むようにして座っていた。

「八重、どなた様か」

弥兵衛が顔を上げ、振り返った。そして、佳乃を見てもしばらく無言で見上げていた。だれか分らない風にも思えた。

佳乃は風呂敷包みを置くと敷居の外の板の間にぺたりと座り、

「お父つぁん、佳乃です。お許し下さい」

と頭を板張りに擦りつけた。

なんの返事もなかった。

佳乃は怒鳴られようと叩かれようと我慢して許しを乞うつもりだった。だが、弥兵衛の口からはなんの言葉も出てこなかった。そこに佳乃の知る父親とは別人のような、元気の失せた年寄りがいた。

長い沈黙が、佳乃の雪に濡れた体に猫のうめが与えてくれたわずかな温もりを消し去っていた。

「わたしが悪うございました、お父つぁん」

「ど、どうしたえ、あの男は」

父親の口から出たのは佳乃の駆け落ちの相手のことだった。

「飲む打つ買うの末に賭場に借財をつくった三郎次《さぶろうじ》はわたしに『苦界に身を沈めて金を作ってくれ、そうしなければ俺は殺される』というので、逃げ出してきたの」

弥兵衛はなにか言いかけたが言葉が直《す》ぐには出てこなかった。その代わり怒りとも哀しみともつかぬ表情に老いた顔を曇らせた。

「あいつは、ちょっと目にはいなせな振りをしていたがよ、女房でさえ苦界に売り払おうって根性ワルよ」

と答えた弥兵衛の声は弱々しかった。

「おまえさん、佳乃を三郎次が連れ戻しにこないかえ」

と八重が案じた。

「あいつにそんな度胸があるものか」

と応じた弥兵衛だが不安な表情を見せた。

「八重、明日な、玄冶店《げんやだな》の親分に相談するんだ」

「おまえさん、隣り町まで佳乃の恥をさらすことはあるまい」

「この界隈の人は、半端もんの三郎次と佳乃が駆け落ちしたことはもう十分承知だ。今さら恥もなにもあるもんか」

弥兵衛は、そう言った。

「わ、わかったよ」

と八重がいい、

「佳乃、腹を減らしてないかえ。いま、残り物を温めてやるよ」

そのとき、弥兵衛にひゅうひゅうという喘鳴《ぜんめい》が起こり、続いて激しい咳にも見舞われた。火鉢を抱きかかえたまま顔を背け、激しい咳を繰り返す弥兵衛は三年前の父親からは想像もつかないほど老いた病人だった。立て続けの咳に息もできないようで、全身が苦痛にあえいでいた。

弥兵衛の手が虚空を彷徨《さまよ》い、なにかを訴えた。

佳乃は痩せた父親の背中をさすった。後悔に涙を流しながらごつごつと骨が手に触る背中をさすった。

「た、たばこ」

弥兵衛が絞り出すような声を咳の間からもらすと、八重が煙草盆から煙管《きせる》を出し、火鉢の火を移して弥兵衛に持たせた。

「おっ母さん、煙草なんて吸わせていいの」

「刻みとは違うんだよ、喘息煙草って発作を抑える薬草だよ」

弥兵衛が必死の形相で煙管の吸い口を咥《くわ》えて吸った。すると咳が次第に治まってきた。八重がさらにぬるま湯を入れた茶碗を持ってきて弥兵衛に飲ませようとした。喘息煙草を吸い終えた弥兵衛は、白湯《さゆ》をこぼしながら口に流し込んだ。

ようやく発作が治まったとき、無精ひげが生えた顔は苦しみに大きく歪んでいた。

「も、もういい」

喘鳴が残っていたが、弥兵衛は己に言い聞かせるように言った。佳乃は肩からずり落ちた綿入れを着せかけた。

ふっ
と息を一つした弥兵衛が、

「八重、佳乃にめしを食わせてやれ」

と命じた。

八重と佳乃の親子は三畳ほどの板の間の台所で残った汁を竈《かまど》にかけ、火を焚きつけ始めた。

「がんもどきの煮たのが残っているよ。そんなもんしか今晩はないよ」

母親の八重がいい、竈に火を熾《おこ》そうとする佳乃の背中を見て、

（この三年、どこに住んでいたんだよ）

と問いかけようとして思い止まった。

ひとり娘の佳乃が戻ってきたことだけで今晩はよしとしよう。

（すべては明日だ）

と思った。

「お父つぁん、あんな風に発作がしばしば出るの」

「この二、三日は落ち着いていたけどね」

「仕事もできないわね」

「日中、暖かいときは仕事もできないことはないよ。でも、発作が出ると仕事どころじゃないよ」

佳乃がようやく竈の下の小わりに火をつけたので焔《ほむら》が上がり始めた。冷たい両手を小さな火に翳《かざ》して温めた。

「おっ母さん、わたし、昔のようにこの家に住んでいいの」

火を見ながら母親に尋ねた。

「ここはおまえの家だよ」

八重がまたそう言うと、

「うん」

ほっと安堵した様子が佳乃の後ろ姿に見えた。十八で家を出た娘が、女になって戻ってきたと思った。

「出戻り女でごめんね、おっ母さん」

「三郎次なんて札付《ふだつ》きに引っかかっちまったんだ、致し方ないよ」

折敷《おしき》膳を用意しながら母親が娘に言った。

「お父つぁん、一階に寝ているの」

「あんな風に発作が出たら階段も下りられないよ。下の部屋に寝ていたほうが厠《かわや》にも近いしね」

両側町の照降町はお店《たな》ばかりだ。どこも内厠があった。

「私も下に寝ているよ。一日火鉢を入れているから二階より暖かいからね」

「おっ母さん、明日から店で働くわ。子どものころから鼻緒を挿げるのはお手のものだったもの、しばらくやってみればお父つぁんの手伝いくらいできる」

と佳乃が言った。

「お父つぁんがあんな風で仕事が半分もできないだろ、通いの者を雇《やと》ったんだよ」

「うちに奉公人がいるの」

佳乃は驚きの顔で母親を見た。鼻緒屋は奉公人を雇い入れるほどの商いではなかった。

「職人としては半人前だがね、根が真面目だからお父つぁんの手伝いくらいにはなるよ。五ツ半

（午前九時）時分から七ツ半（午後五時）までで、昼飯つきだよ」

八重が奉公人のことを告げた。

「仕事はあるのよね」

「宮田屋が律儀に仕事を回してくれるからね。爺様の代からの縁だもんね。そうだ、明日、宮田屋におまえを連れて挨拶に行くよ。この照降町でもう一度暮らさせてくださいと頼みにね」

照降町のお店の中でも下り傘・履物問屋の宮田屋源左衛門方と下り雪駄問屋の若狭屋《わかさや》喜兵衛《きへえ》方は、双璧の大店だった。

鼻緒屋は照降町に、狭いが一階は店と一間の座敷に台所に厠、二階は六畳と三畳に納戸部屋の家があって、仕事があった。この二つとも宮田屋の助けで得られたものだ。

「恥ずかしいけど照降町で暮していくにはご近所に挨拶しなきゃあね」

「ああ、明日一番でさ、湯屋に行ってきな。二階の三畳間はおまえが出ていったときのまんまだよ」

と母親が言い、

「さあ、めしを食いな」

冷えためしと残り物のがんもどきの煮物の入った皿を折敷膳に載せて、箸を渡してくれた。それは佳乃が昔使っていた竹箸だった。

（やはり帰ってきたんだ）

温め直した豆腐と若布の味噌汁椀を手にして、

「明日から働いて償いをするわ」

「ああ」

と返答をした八重がなにか言い掛け、途中でやめた。

「綿入れが一、二枚残っていたね」

「着るものなんてなんでもいいわ」

「そうはいかないよ。お父つぁんの代わりに店に出るのならば、身だしなみは大事だよ」

母親の言葉に頷き、佳乃は遅い夕餉を食べ始めた。

そのとき、ぼろぼろと涙が頬を伝って流れ落ちてきた。

飼い猫のうめが、膝に身を擦りつけてきた。

(照降町に戻ってきた)

佳乃はそうしみじみと思った。

二

翌朝、二階の三畳間で目覚めた佳乃は、未だ雪が降っている気配を感じた。照降町に雪だなんてと十一、二年前の師走の大雪を思い出しながら床を出た。

枕元に無地の木綿の小袖に綿入れ、足袋、帯が用意してあった。母親の八重のものだろう、どれも馴染みがあった。

小袖と綿入れを重ね着して狭い階段を下りると、

「佳乃、その足で湯屋に行ってきな。台所に湯銭と手拭いなんぞがおいてあるよ」

と八重が言った。

「お父つぁんはどんな具合」

「雪が降り積もっているもの、今日は一日寝ていたほうがいいね」

佳乃は小網町の湯屋に向かった。

照降町の湯屋と呼ばれる小網湯《こあみゆ》だ。

朝湯は仕事の前の男衆《おとこし》や隠居連が多い。だが、朝早い商いの魚河岸が堀向こうにある小網湯は、女たちが朝湯にくるので知られていた。

佳乃は手桶に手拭いと湯銭を持って雪が三寸ほど降り積もった道を高下駄を履いて傘を差し、湯屋に向かい、暖簾を潜《くぐ》った。すると番台に座った女が佳乃の顔をしばらく無言で見ていたが、

「佳ちゃん」

と幼い折に呼び交した名で呟いた。その声音に驚きが込められていた。

幼なじみのふみ《い》だ。所帯を持って子どもを生んだのか、貫禄があった。

「戻ってきちゃったのよ、おふみちゃん」

しばし佳乃の言葉を思案していたふみが、

「よかった」

と事情を察したように応じた。

佳乃は、うんうんと頷き、尋ね返した。

「寅吉《とらきち》さんと所帯を持ったのね」

「ああ、寅がさ、魚河岸辞めてうちに入ってくれたの。子どもがひとり半」

と番台に隠れた腹をさすった。

「おめでとう。寅吉さんは実直だもの。子どもは男の子、女の子」

「娘よ。おしゃまでわたしに似てよく喋るの」

とふみは笑い、

「落ち着いたらお喋りしましょ」

と言いながら、湯銭を差し出す佳乃の手を押し戻した。

「雪の朝にさ、照降町の佳ちゃんが戻ってきた。こんなうれしい話はないわ」

佳乃はすぐに返事ができず、

「ありがとう」

とようやく礼を述べた。

ふみの亭主になった寅吉と三郎次は魚河岸の同じ店の奉公人だった。佳乃より二つほど歳上の寅吉は佳乃と三郎次が付き合い始めたとき、

「よしっぺ、三郎次と深間にはまらないほうがいい。あいつは危ないぜ、タチの悪い遊び人だ」

と忠言してくれたが佳乃は聞く耳を持たなかった。

細身で整った顔の三郎次にこの界隈の娘は皆惚れた。そんな三郎次と親しくなった佳乃は寅吉

の忠言を、

（寅吉さん、わたしたちに嫉妬しているのね）

と聞き流していた。

かかり湯を使い、柘榴口《ざくろぐち》を潜って湯船につかったとき、佳乃はそんな数年前のことを思い出していた。

この三年、佳乃は三郎次に身も心もしゃぶりにしゃぶり尽くされた。そんな体のけがれを落とすように佳乃は長湯した。相湯の女たちの中には佳乃を知っている者もいたがだれも声を掛けなかった。

「おふみちゃん、娘さんの名前を教えて」

小網湯を出るとき、佳乃は尋ねた。

「いち」

「おいちちゃんね、下駄は履けるの」

「未《ま》だよ」

「仕事の勘を取り戻したら、おいちちゃんが初めて履く下駄に鼻緒をわたしが挿げて贈るわ」

ふみがにっこりと笑って、

「これから毎朝会えるわね」

と送り出してくれた。

小網町と堀江町、小船《こぶな》町の三つの町内が二つの堀留に挟まれて、まるで細長い「シマ」のように日本橋川に突き出していた。シマの西に魚河岸が、東には二丁町と呼ばれる芝居町があり、二つして「一日千両」の稼ぎのある場所として知られていた。

里名の照降町はそんな二つの町を結ぶ両側町の横町だ。

長湯をしている間に雪はいったん止んでいた。そして、光が降り積もった雪道をきらきらと輝かせていた。そんな雪道を足駄《あしだ》の二枚歯の間に雪を挟みながら佳乃は、堀江町にある髪結床に行った。この髪結のえびす床は役者衆や女たちが集う店として知られていた。いや、照降町の大概の住人がえびす床の常連だった。佳乃も物心ついて以来親方の手で髪を結ってもらってきた。平《へい》治《じ》親方は佳乃の顔を見ると、

「いらっしゃい」

と客の座る席を差した。まるでこの三年間の空白がなかったような言い方と仕草だった。

「親方、お願いします」

「あいよ」

佳乃が髪を結い直し、迎えにきた三郎次と連れ立って出ていく姿を、この界隈で最後に見送ったのは平治親方だった。

三年前の年の瀬のことだ。

親方は佳乃の首筋に真新しい手拭いを巻くと黙々と仕事を始めた。まだ刻限が早い上に雪が積もっていた。えびす床には親方の他に人はいなかった。

「親父さんの具合はどうだ」

珍しく親方のほうから問うた。

「昨晩、発作を起こしたの」

「この寒さだからな」

「それだけじゃないの」

佳乃の言葉を聞いた平治親方はしばらく間を置き、

「どうしたえ」

「わたしが突然戻ってきたからだと思うわ」

「親父さんの病見舞いに戻ったんじゃねえのか」

「わたし、照降町に逃げ戻ってきたの」

「そうか、そういうことか」

と応じた平治親方が、

「三郎次が正体を見せやがったか」

「だれもが正体を知っていたのに、わたしだけがのぼせ上がって駆け落ちなんて馬鹿な真似をしちゃった」

平治は櫛を使って佳乃の髪を梳《す》きながら、

「髪がな、この三年の苦労を教えてくれたよ。鼻緒屋の娘の髪はいい髪だったよな、ああいうのを烏《からす》の濡《ぬ》れ羽《ば》色といったんだろうな。だが、苦労のせいか今は台無しだ」

「ご免ね、親方」

「おれに詫びても仕方あるめえ。お父つぁんに謝ったか」

「殴られても蹴られても、我慢して家に入れてもらおうと思ったのに、お父つぁんは、そんな元気はなかった」

佳乃は昨夜の病状を告げ、

「わたし、お父つぁんが病だなんて知らなかった。なんて罪つくりな娘だろうね」

と言い添えた。

「佳乃さんよ、おめえの駆け落ちとお父つぁんの病をいっしょくたにしないことだ。曰くはなんであれ、照降町に戻ってきたんならさ、おめえが出来る看病をしてやりな」

「看病ができるかな」

「娘のおめえの看病たあ、親父さんの傍《かたわ》らにいることだ。それがなによりの看病なんだよ」

「親方、やっぱりわたしの駆け落ちとお父つぁんの病は関わりがあるんじゃないの」

ああ、と応じた平治が、

「関わりはなくはなかろう。だがよ、過ぎ去ったことを悔いてもなんのいいこともねえ」

と言った。

「喘息って病があるのを初めて知ったわ」

「おれの客にさ、大塚南峰《おおつかなんぽう》先生がいるがよ、聞いたところ、喘息もいろいろあるそうな。その上、なかなか治り難《がた》いというぜ。ともかくこの寒さはいけねえな」

親方がいい、

「おめえさんの黒髪も直ぐには元へ戻るめえ、だがよ、最前よりましになったぜ」

と髪結いが終わったことを告げた。

「親方、有難う。髪結いのお代、いくらだったかしら、忘れちゃったわ」

「佳乃さんよ、今日の髪結い代はいらねえよ。おめえがこの界隈に戻ってきてくれたことがなによりの代金だ」

と平治親方も髪結い代をとろうとしなかった。

「最前、おふみちゃんの湯屋に行ったの、そしたらあそこでも湯銭はいいと押し返された。わたし、照降町界隈の情《なさけ》の深さを駆け落ちして教えられた。そしてまた……」

「佳乃さんよ、そんなことは大したこっちゃねえ。おめえが戻ってきたことがおふみさんだろうが、おれだろうが嬉しいのさ」

と親方が言った。

道の雪は溶けかけていた。

足駄を踏みしめながら照降町に戻った。どの店も表戸を半分ほど開けて、雪の様子を見ていた。

鼻緒屋も光が入る程度に戸が開けられていた。

佳乃は潜り戸を通って店に入った。

表戸のすきまは半分ほどだったが、雪明りで店の中が薄《う》っすらと見えた。三年前の記憶とさほど変わらない、と佳乃は思った。

「なんぞ御用かな」

と中から突然男の声がした。

「はあ」

佳乃は声の主を探した。

総髪の男が、高下駄の鼻緒を挿げ替える構えで佳乃を見た。綿入れの小袖に前掛けをした仕事着姿だ。

「あなたこそ、だれなの」

「それがしでござるか。八頭司《やとうじ》周五郎《しゅうごろう》と申す」

「お侍《さむらい》さんなの」

「数年前までは両刀を手挟んでおったで侍といえば侍、といって町人にもなりきれずにかような鼻緒を挿げる仕事をしておる」

佳乃は、この侍の顔を眺めた。三十過ぎかと思ったが、表の雪明りでよく確かめれば二十六、七かもしれないなどと考え、不意に思い出した。

「あなたがうちの奉公人、お父つぁんの助っ人なの」

こんどは相手が、うむ、と訝《いぶ》かしげな顔を見せて、

「もしやそなたはご当家の娘御にござるか」

と西国訛りの言葉遣いで尋ねた。

「ご当家の娘御ってなによ。出戻りの佳乃です」

「おお、さようか。よしなにお付き合いのほどお頼み申す」

と高下駄を手にしたまま頭を下げた。

「おお、さようか、ときたのね」

佳乃が答えたところに八重が顔を出し、

「あら、周五郎さんのことを話してなかったかね。お父つぁんを助けてくれている人よ」

「おっ母さん、お侍さんならお侍さんと先にいうがいいじゃない。わたし、魂消《たまげ》たわよ」

「お侍さんはお侍さんだけどさ、もう奉公はしてないんだよ。一年半前、いや、二年だったか、ともかく浪人さんなの」

「だからってお侍さんに変わりはないわよ」

「痩《や》せの大食らいだけど、なかなか気さくな人だよ」

と余計なことまで付け加えた。だが、当人は平然として古下駄の鼻緒を挿げ替え始めた。

八重は、佳乃の形《なり》を検《あらた》めるように見ると、

「宮田屋と玄冶店の準造《じゅんぞう》親分に挨拶に行くよ。湯屋の道具は奥に持っていきな」

と言った。すると八頭司周五郎と名乗った侍が、

「それがしがのちほど奥へ運んでおきます。おかみさん、どうぞそのままお出かけ下さい」

「ああ、そうかい、すまないね。その代わりさ、今日は夕餉《ゆうげ》もうちで食べておいき」

「おお、それは有難い」

と喜びの顔で応じた。

「佳乃、ならば行くよ」

「おっ母さん、足駄でも雪道を歩くのは大変よ、大丈夫」

「そんな遠くじゃなし、玄冶店の親分さんの家から訪ねようかね」

と言った八重が、

「周五郎さん、頼んだわよ」

「おかみさん、承知致した。喘鳴の折は咳止めの煙草と温《ぬる》めの白湯でござるな」

周五郎が慣れた様子で返答をした。

親子は照降町を東の親仁橋《おやじばし》に向かいながら両脇の店々に、

「生憎《あいにく》の天気ですね。あのう、このたび娘が出戻って参りました、これまでと同じようにお付き合いのほどお願い申します」

とぺこぺこと頭を下げて回った。

親仁橋を渡ったあと、佳乃は、

「おっ母さん、そう出戻り出戻りって呼び立てないでくれない。知らない人にまでいうことないじゃない」

「だって照降町の住人ならば、おまえが駆け落ちしたことは承知だよ。それで戻ってきたんだ、出戻ったのは確かだよ」

「そりゃ、そうだけど」

雪道を伝って堀江六軒町、通称葭町から、二丁町の名で知られる堺町と葺屋町の芝居町を親子ふたりは、よろよろとようやく進んで玄冶店に着いた。

この界隈は奥医師岡本玄冶《おかもとげんや》の貸店であり、後年、芝居の「切られ与三《よさ》」の舞台になり江戸で知られることになる場所だ。また浅草に移った旧吉原の一角でもあった。

御用聞きの準造は南町奉行所の定町廻同心波津兵衛《はつひょうえ》から手札をもらい御用を勤めていた。縄張り内に魚河岸と芝居町があって盆暮れの実入りもいいせいか、阿漕《あこぎ》な探索は一切せず、

「玄冶店は情味のある十手持ち」

としてこの界隈では知られていた。また代々の十手持ちで、女房に湯屋や蕎麦屋なんぞの商いをさせず、子分たちを養っていた。同心から出る給金は雀の涙だが、出入り先の店からの付け届けは給金の何十倍にもなったとか、そんな噂が流れたことがあった。そんな準造親分は玄冶店の一角に間口六間の二階家を構えていた。

八重が広い土間の火鉢の前に屯《たむろ》する子分に取り次ぎを願う声が聞こえたか、

「おや、鼻緒屋のお八重さんじゃないか、どうしなさった」

と準造親分が自ら出てきた。

「親分、ちょいとご相談が」

「上がりねえな」

準造が佳乃の顔を見ながら用件を察したようで、ふたりを長火鉢に鉄瓶がしゅんしゅんと湯気を立てる神棚のある居間に通した。

「親分、うちで挿げた鼻緒の雪駄です、どうかお納め下さいな」

「なんだい、お八重さん。縄張り内の相談に売り物を持ってくる者があるもんか」

「親分は縄張り内を見廻りに歩かれます、履物の減りも早うございましょう。弥兵衛が元気なときに挿げた鼻緒の雪駄です。使って下さいな」

「そうかい、ならば頂戴して履かせてもらおう」

と快く応じた準造が、

「佳乃さんといいなさったな。今日はおめえさんの相談のようだな」

「はい」

「三郎次だったな、相手は」

頷く佳乃に、

「話をそっくり聞かせねえな」

と準造が言った。

佳乃の話は半刻に及んだ。

母親の八重も初めて聞く娘の三年間だった。茫然として言葉を失っていた。

「佳乃さんよ、最後の最後に逃げてきなさったか。差し当たって新たに地獄を見ることはなくなったな」

親分の言葉に佳乃が頷いた。

「だが、照降町に戻ったおめえを三郎次ひとりで連れ戻しにくるとも思えねえ。無頼の輩が従ってくるぜ」

「お、親分さん」

「お八重さんよ、話を聞いた以上、わっしに任せておきねえな」

と母親に応じた準造親分が佳乃に、

「一つだけ最後に確かめておこうか。もはや三郎次に未練はねえな」

「親分、小指の先ほどもございません」

佳乃の返事は明瞭だった。

三

八重と佳乃の親子はべたついた雪道を照降町に戻り、宮田屋に立ち寄った。

宮田屋では大番頭の松蔵《まつぞう》が、

「佳乃さん、しっかりと親孝行して償いをしなされよ」

と駆け落ちしたことを言外に非難した。すでに佳乃が出戻ったことを承知している口調でもあった。

「は、はい」

と素直に佳乃は頷いて頭を下げた。

「大番頭さん、佳乃が弥兵衛の看病をします」

八重が出戻った娘について爺様の代からの本家の大番頭に、こう言い訳めいた口調で言った。

「ああ、ひとり娘がいるといないとでは、弥兵衛さんの喘息も違いましょうでな、今年のように桜の花が咲くころには仕事ができるようになるとよいがね」

松蔵が、弥兵衛の回復が長引くようであれば、鼻緒を挿げるのを他所《よそ》の店に頼みそうな口ぶりで言った。

照降町の下り傘・下り履物問屋の宮田屋の大番頭松蔵は出入りの小売り下駄屋や鼻緒屋には厳しいことで知られていた。

「大番頭さん、お父つぁんの代役は務まりませんが、物心ついたころから鼻緒の挿げは習わされてきました。わたしも頑張りますので今後とも宜しくお頼み申します」

と佳乃が頭を下げた。

うむ、と松蔵が三年前までの佳乃の働きぶりを思い起こして、

「佳乃さん、あなたは弥兵衛さん仕込みだったたね。十七、八のころの腕は落ちていませんかな」

「六、七歳のころからお父つぁんに叩き込まれた鼻緒の挿げは忘れておりません。どうか本日からの仕事ぶりをお確かめ下さい」

と願った。

「弥兵衛さんが元気になるまで佳乃さんがやってくれるならば、仕事ぶりを見てみましょう」

と松蔵が言い、親子は頭をまた下げた。

宮田屋のあと、佳乃はふと思い付いて、

「今日じゅうに相模《さがみ》屋の親方にも詫びておきたいの、おっ母さん」

と母親に乞うと、

「そうだね、それに夕餉の菜になにか相模屋で見繕おう」

と佳乃の意を受け止めた。

八重と佳乃は予定を変えて地引河岸の魚問屋相模屋に立ち寄った。この相模屋は湯屋のふみの亭主の寅吉や三郎次が奉公していた問屋だ。

すでに店の商いは終わり、男衆たちが片付けをしていた。

「おお、照降町の別嬪《べっぴん》が戻ってきたか」

親方の恒五郎《つねごろう》が目ざとく佳乃を迎えた。

「親方、その節はご迷惑をお掛け申しました。とても合わせる顔はございませんがお詫びに参りました」

ここでも佳乃は詫びの言葉を繰り返した。

恒五郎は八重と佳乃を店の隅に連れていき、

「お父つぁんの病を知らされて戻ってきなさったか」

と質《ただ》した。

「親方、正直に申します。三郎次のところから逃げ出してきました。お父つぁんの病は照降町に戻って」

「知ったというのか」

頷いた佳乃は荒布橋で夜鳴き蕎麦屋の吉二に教えられたと告げた。するとしばし間を置いた恒五郎が、

「三郎次はどうしているえ」

と昔の奉公人の近況を尋ねた。

三郎次の朋輩たちが親方と佳乃の会話に聞き耳を立てていた。

佳乃は照降町で暮していく以上、隠し立てするのはよくないと覚悟していた。己の恥をすべて晒して親方に告げた。話を聞いた恒五郎が、

「ふうっ」

と大きな息を吐いた。

「どうやらおめえも野郎の面《つら》とかっこつけに騙《だま》されたようだな。おめえを連れて三郎次がいなくなったあと、何人もの女が三郎次に銭を貸したとか、所帯を持つ約束をしたとかよ、文句をつけにうちにきたぜ」

佳乃は茫然とした。自分だけに三郎次が惚れていると己惚《うぬぼ》れていたのが改めて恥ずかしかった。

「あいつはよ、女を食い物にして生きてきた野郎だ。神奈川宿の賭場の借金のカタをおめえの体でつけようなんて野郎らしいや。おまえさんは幼いころから賢い娘だったからよ、最後の最後に逃げ出す知恵と覚悟があった。これでやつも年貢の納めどきよ。いずれ骸《むくろ》になってよ、六郷の流れに投げ込まれるな」

恒五郎は三郎次の行末をこう予言した。

「親方のお話を聞いて恥ずかしいかぎりです。なんてわたしは馬鹿な娘だったのでしょう」

「おめえや他の娘たちが騙されたのも無理はねえ、あいつは表面《おもてづら》はいいが、陰に回るとろくでも

ねえことを繰り返してやがった。えらそうにいうがおれもそいつに気付かされたのは、三郎次がいなくなったあとのことだ。三郎次がおめえにちょっかいを出し始めたときに野郎の腐った根性が分っていれば注意もできた。いや、三郎次の兄貴分の寅吉になんどか言われたのによ、おれは気付かなかったのよ」

恒五郎親方が悔いの言葉を発し、

「親方、わたしが愚かだったんです。わたしも寅吉さんから忠言されたのに、わたしたちを妬んでいるんだなんて己惚れていたんです」

と佳乃は応じて言い添えた。

「今朝方からおふみさんの湯屋、えびす床、玄冶店の親分、それにうちの本店の宮田屋さんに顔出しして詫びて回っております。いえ、これくらいで事が済んだなんて思ってもいません」

「野郎は玄冶店の親分にも詫びなきゃならねえことをしでかしていやがったか」

「違います」

佳乃は三郎次が出入りしていた神奈川宿のやくざ者たちが佳乃を連れ戻しにくることが考えられること、それを案じた父親の弥兵衛が準造親分に前もって話すように命じたことを告げた。

「なに、三郎次の出入りしていた賭場はそれほど厄介者の集まりか」

「宿場では鼻つまみというより恐れられています。親分が女郎屋と賭場を二つほどやっていて路銀を持っていそうな旅人を賭場に言葉巧みに誘い込むのです。三郎次は最初、客を連れ込む役目だったようですが、金に目がくらんで、わたしの金を博奕《ばくち》につぎ込んだのが始まりでした」

その金子《きんす》は六歳の折から父親のもとで働いて得たものだった。鼻緒挿げが一人前になった十三歳のとき、給金は年五両と決められ、弥兵衛は大晦日に一年の給金を佳乃に支払っていた。駆け落ちしたとき、三十両近くあった。

「そやつらは三郎次の連れ合いがおまえと承知していたか」

「偶《たま》さか祭の宵に三郎次といっしょのところを」

「見られたか。そりゃ、三郎次が目当てじゃねえな。おまえがさ、佳乃さんが目当てだったんだな」

恒五郎親方の見方が当たっているかどうか、佳乃はいまとなっては考えたくもなかった。

「佳乃さんよ、照降町でやり直しねえ。おめえの齢ならいくらでもやり直しが出来ようというもんじゃねえか」

「やり直しができるかどうか。ともかくお父つぁんを看病しながら、もう一度鼻緒を挿げる仕事をしとうございます」

「ああ、こんどのことばかりは歳月という薬しかねえや。黙って仕事をしねえ、いつの間にか頭から嫌なことが消えていることがあるかもしれないぜ」

「はい」

とこの日、幾たび目か、佳乃は頭を下げた。

「お八重さんよ、残りもんの鮟鱇《あんこう》がある。この寒さだ、弥兵衛さんに鮟鱇汁でも作って食わせねえな」

恒五郎親方が奉公人に命じて鮟鱇の切り身を包ませた。

鼻緒屋に戻ってきたとき、昼の刻限を大きく過ぎていたが周五郎が鼻緒を挿げながら、

「おかみさん、親方にはうどんを煮込んで食べさせておいた。ついでにそれがしも馳走になった。なんならふたりのうどんも作ろうか」

とどことなく鷹揚《おうよう》な口調で言った。

「周五郎さん、ありがとうね、正直、わたしゃ、あちらで詫び、こちらで頭を下げてばかりで食べる気が失せたよ」

と力なく応じた八重が、

「今晩は鮟鱇鍋だよ」

と言葉を添えた。

「鮟鱇鍋とは贅沢な」

周五郎がいう傍らで佳乃は、父親の前掛けをきりりと締めた。そして、弥兵衛の座に腰を落ち着けた。

「佳乃、おまえも夕餉まで我慢ができるかえ」

「おっ母さん、わたしもお腹なんか空いていません。それより手が仕事を覚えているかどうか試したい」

と言い、父親が挿げかけた日和《ひより》下駄の片方の鼻緒を見た。

弥兵衛の仕事とは思えない、緩んだ鼻緒の挿げ方だった。佳乃が照降町を出る前は、

「照降町の弥兵衛の挿げた鼻緒は決して緩まない。いつまでもぴたりと足に吸い付いているぜ。爺さんとおっつかっつの名人の鼻緒屋だ」

と言われていた。

佳乃は父親の挿げた鼻緒を見たとき、病が決して簡単なものではないと思った。

「いいわ、わたし、やってみる」

と独り呟《つぶや》いた佳乃は弥兵衛の道具箱から使い込んだトオシを手にした。

三角錐の金具に木製の柄が付いた「トオシ」とは目通しの略だろう。よその履物屋では、「くじり」とか、「めうち」と呼ばれた。鼻緒の挿げ替えはこの道具一本あれば一人前の職人ならば仕事が出来た。

佳乃の手にした道具は爺様の代からのもので、なぜか「トオシ」と爺様が呼んでいた呼び名といっしょに父親の弥兵衛、佳乃と代々鼻緒屋で受け継がれてきた。

佳乃はトオシを手に弥兵衛が途中でやめた鼻緒をほどき、挿げ直しを始めた。

周五郎が仕事の手を止めて佳乃の仕事ぶりを黙って見ていた。しばらく見ていたが自分の仕事に戻った。

佳乃は父親のやりかけの鼻緒を挿げ直し、もう片方の日和下駄にとりかかった。出来上がったとき、表の雪明りに照らして仔細に眺めた。昔から手先は器用で鼻緒挿げを始めて二、三年後には大人顔負けの仕事をしてきたのだ。

「佳乃が女でなけりゃ、鼻緒挿げの三代目名人が照降町に生まれるんだがな」

と噂されだしたころ、三郎次と知り合ったのだ。

「見事なものでござるな」

周五郎が感心の体《てい》で、佳乃が雪明りに差し出して点検する日和下駄の鼻緒を見て呟いた。

「かたちはなんとかなったけど、履いてみなけりゃ出来がいいかどうかは分らないわ。この日和下駄、宮田屋から頼まれたの」

「と、思うがな。このところ親方どのの体がよくないので、納期がのびのびになっておってな」

と言い訳した。

弥兵衛の席の傍らにはまだ手を付けていない日和下駄と鼻緒が何足も積まれてあった。

「お父つぁんに見せてくるわ」

佳乃は父親が寝ている座敷に行った。

「お父つぁん、加減はどう」

佳乃の手にした日和下駄に弥兵衛は目を止めた。

「見てくれない」

と差し出した日和下駄を佳乃に持たせたまま、弥兵衛が広袖の褞袍《どてら》からゆっくりと片手を出し、鼻緒を触った。

「おめえが挿げ替えたか」

「悪かった」

「途中で投げ出したのだ、おれのは使いもんにならねえ」

と自嘲した弥兵衛が、

「佳乃、おめえが挿げ直したか」

と繰り返し問うた。

「ご免ね、余計なことをしちゃったみたい」

しばし間を置いた弥兵衛が、

「残りの日和下駄が九足ある。佳乃、おれに代わってやってみねえ」

と弱々しい口調で言った。その言葉には根気を失った職人の哀しみが漂っていた。

「わたしがやっていいのね」

「ああ、宮田屋の大番頭さんに確かめてもらえ」

「もちろんそうする。注文がついたら何度でもやり直すわ」

「ああ」

と言った弥兵衛が触れていた鼻緒から指先を離した。

「お父つぁん、この雪が溶けるころには仕事場に戻ってよ」

佳乃の励ましの言葉に弥兵衛はなにもいわず両眼を閉じた。

仕事場に戻ると周五郎が履き古した足駄の鼻緒を挿げ終えたようで、

「親方どのはどう申された」

と案ずる顔付きで佳乃に聞いた。

「残りの仕事を代わりにやれって」

「佳乃どの、そなたなら親方の代わりが務まる。それがし、こちらで一年半前から世話になっておるが、履き古しの安物の下駄の鼻緒しか挿げられぬ。そなたの手際を見て驚き申した」

「驚いたってどういうこと」

「しばらく鼻緒にも下駄にも触っていなかったようだが、いやはやそなたの手際のよい仕事ぶり、見事なものだ」

と周五郎が感嘆の言葉を洩らした。

「物心ついたときから照降町の鼻緒屋の娘よ、下駄や草履の鼻緒を挿げる仕事を見てきたのよ。十歳《とお》になる三、四年も前から一人前に父親の手伝いをしていたの。鼻緒挿げは体に染みついているのよ」

佳乃の言葉に首肯した周五郎が、

「となると、それがしは座をそなたに明け渡すことになるか」

いささか寂し気な顔で佳乃に尋ねた。

「出戻りのわたしが応えられる問いではないけど、お父つぁんの病は直ぐに治るもんじゃないわ。仕事場に出てきても昔のようにはいかない。わたしだって、三年も仕事をしていなかったのよ。宮田屋の大番頭さんがどういうかしらないけど、当分はお侍さんとわたしがこの鼻緒屋の働き手よ。それが嫌でなかったら、勤めてくれませんか」

と願った。

「なに、それがし、こちらで働いてよろしいか、助かった」

と素直な喜びの笑みを浮かべて答えた。

「妙なお侍さんね、うちなんかより力仕事をすればいくらでも稼げるんじゃないの」

「それがし、外仕事よりかような職人仕事のほうが向いておってな」

と周五郎が応じた。

「最前も言ったけどわたしが戻ったからといって、なにも変わらないわ。いえ、お父つぁんがあんな分、ふたりで働くしかないの」

と答えた佳乃は、

「お侍さん、生まれついての浪人ではないのよね」

「それがしか、西国の大名家に二年前まで奉公しておった。とある事情があってな、うむ、この事情も話さねばならぬか」

「いえ、そんなことまで話す要はないわ。永の浪人暮らしにしては初心《うぶ》だな、と思ったの」

「そうか、初心な」

と周五郎が笑った。すると笑顔に育ちのよさそうな人柄が覗き見えた。

ふたりは鼻緒を挿げながらぽつんぽつんと話した。お互いが知り合うのが照降町の鼻緒屋にとってよいことだと思ったからだ。

「お侍さん、剣術《やっとう》はできるの」

「剣術か、一応幼少のみぎりより習ったが、それがし程度の技量ではめしが食えぬということが藩を離れて分り申した」

「正直ね」

「深刻に考えても致し方ないでな、どのようなこともそこそこではどうにもならぬということじゃな」

と八頭司周五郎が意味深長な言葉を洩らした。

ふたりはせっせと鼻緒挿げをした。

四

その夕餉、弥兵衛の寝床を部屋の隅に押しやり、七輪を置いて土鍋をかけ、野菜を入れた鮟鱇鍋を四人で囲んだ。うめが子猫を連れて佳乃の傍らにすり寄ってきた。

「この子猫はどうしたの」

「つい最近のことさ、うめが三匹子を産んだの。二匹はこの界隈に引き取ってもらって一匹残ったんだよ」

母親の八重が言った。子猫は用心深いのか母親猫のうめの傍らにへばりついていた。

「名前は」

「うん、ヨシとかよっちゃんと呼ばれているよ」

と他人事みたいに言った。

「なんなの、人の名をとって」

「だってしようがないじゃないか。おまえは勝手に家を出ていったんだからね」

「だからって人の名をつけて」

佳乃は怒ってみたが致し方ない。佳乃が出ていき、うめは照降町で子を産んだというわけだ。

「ヨシの父親はだれよ」

「さあてね、そんなことだれも知らないよ」

八重が箸を忙しく動かしながら答えた。佳乃は、

(三郎次の子をなさなかったのがせめての救いね)

と自分のことを思った。

弥兵衛も床に起き上がり、佳乃が器に装《よそ》った鮟鱇をゆっくりと身をしゃぶるように食した。

「お酒は飲まなくなったの」

佳乃が弥兵衛に聞いた。

「喘息が出たときからぴたりと止めたよ」

八重が答えた。

「病には少しばかりの晩酌もよくないの」

「大塚南峰先生は体の具合がよいときは少しくらいならいいというんだけどね、お父つぁんは『もう酒は十分飲んだ』というんだよ」

「あら、そうなの」

佳乃が十歳になるころ、葭町の煮売り酒場に弥兵衛を八重といっしょに迎えに行ったことが何度かあった。酒は生来強くないくせに、つい度をこして酔いつぶれるのだ。あの気力が喘息のせいで失せていた。

佳乃はふと周五郎を見た。どんぶりに注がれた鮟鱇汁を笑みの顔で無心に食している。まるで子どものようだと、佳乃は思った。

「お侍さん、お酒は飲まないの」

「西国育ちゆえ飲まないことはない。だが、格別に嗜む習わしはない。いや、懐《ふところ》具合もあってな」

と応じた周五郎の顔から笑みが消えていた。

佳乃は酒を飲まない理由《いわく》がこちらにもありそうだと思った。

「どこの長屋に住んでいるの」

「杉森新道《すぎのもりしんみち》の米屋の家作だよ」

と八重が答えた。

「あら、越後屋の裏長屋なの。あそこ、幼なじみが住んでいたな、おみつちゃんというの、お父つぁんは大工よ」

「おみつどのの一家はいまも住んでおられる、あちらにも世話になっておる。長屋暮らしの始めから教えてもらったのだ」

「おみつちゃん、所帯を持ってないの」

「未だ独り身じゃな。そなたが戻ったことを告げていいなら伝えておくがどうだな」

「わざわざ話すことじゃないわね。駆け落ちして出戻ったなんて自慢にもならないもの」

「それもそうだな」

と応じた周五郎が、

「いや、さような意ではない」

「さような意ってなによ」

「あのその」

周五郎は口にものを含んだまま狼狽した。

「出戻りは自慢にもならないってことでしょ」

「つい口が滑った、許されよ」

口の中のものを飲み込んだ周五郎が詫びた。侍にしては権柄《けんぺい》ずくではないな、下士のような貧乏奉公だったのか、それとも上士ゆえ鷹揚なのかと佳乃は迷ったが、家格のある身分の者が鼻緒の挿げ替えもあるまいと思い直した。

「おみつちゃん、どうしているの。奉公のことよ」

と話柄《わへい》をもとへ戻した。

佳乃が三郎次と駆け落ちした折、みつは葭町の料理茶屋に住み込み奉公をしていた。

「富沢町の古着屋に通い奉公しておる」

「あら、住み込みじゃないの。おみつちゃんの家は妹や弟が三人もいるのよ」

「それがな」

と箸を止めた周五郎が、

「それがしが長屋に厄介になったころ、おっ母さんがいなくなったのだ」

「いなくなったってどういうことよ」

周五郎は、うむ、と唸って黙り込んだ。

「年甲斐もなくさ、男をつくって長屋を出ていったんだよ。だからさ、おみつちゃんが妹や弟の面倒をみなけりゃならないの、それで通い奉公なんだよ」

八重が周五郎に代わって言った。

「そうか、おみつちゃんも苦労してんだ」

佳乃は幼い折から暗い表情をしていたみつを思い出していた。

「おみつどのは、よう弟妹と親父どのの面倒を見ておられる」

と周五郎が褒めた。

「三年か、照降町界隈もいろいろとあったのね」

佳乃は思わず呟いていた。

「あったのはおまえだけだよ。駆け落ちして出戻った」

と八重が言い、

「出戻りね、おみつちゃんのおっ母さんも戻ってくるかな」

「まあ、無理であろう。あの歳で貧乏が嫌になり出ていったのだ」

と周五郎が言った。

「お侍さんは奉公先に戻る気はないの」

話題をまた佳乃は変えた。

「佳乃どの、武家の間ではいったん致仕した者がもとへ戻るなどということはありえぬ。とくにそれがしの場合はな」

八頭司周五郎がどこか諦観した表情で応じた。

「上役と喧嘩でもしたの」

「佳乃、お侍さんにそんなこと聞くんじゃないよ」

と八重が言い、弥兵衛はなんとなく曰くを聞き知っている表情を見せたが会話には加わらなかった。

「曰くがなんだか知らないけどさ、お侍さんが履き古した下駄の鼻緒を挿げ替えているなんて変よ」

「変かのう。それがしは照降町の暮らしが気に入っておる」

うんうんと頷きながら周五郎が言った。

「妙なお侍さんね」

佳乃の言葉に八重が、

「たしかに妙なお侍さんだよ。何日も何日もお父つぁんの仕事ぶりを見にきて、しきりに感心していたと思ったら、働かせてはもらえぬか、と突然言い出したんだからね」

「それがし、国許におったときから大工や鍛冶屋の仕事を見るのが好きでな、手先は器用なのだ」

「たしかに一年半の手際じゃないわね」

「なかなかであろう」

と周五郎が威張った。

「安物の日和下駄の挿げ替えだったらなんとかね」

「そうなのだ。新しい下駄や表付き下駄の鼻緒挿げはまだじゃな。親方からお許しがないでな」

周五郎は己の技量を承知のようでそう応じた。佳乃は周五郎のあけっぴろげな気性につい、

「ちょっと聞くけど、うちの稼ぎで店賃払って暮らしていけるの」

と問うていた。

弥兵衛と八重のふたりと昼餉を食する折にかような問答がなされたとは思えなかった。佳乃でなければ聞けない話だ。なんとなく弥兵衛も八重も関心を持って周五郎を見た。

「うーむ」

と唸った周五郎が、

「時に腹を空かせて寝ることもある」

と正直に答えた。

「呆れた」

と佳乃が言い、

「うちだってお父つぁんが働けなければそうそう給金は払えないもの」

と八重が言い訳し、

「おかみさん、ただ今のそれがしの働きに見合った給金は頂戴しておる」

と慌てた周五郎が言い添えた。

「よし、明日からわたしも頑張って働くわ」

佳乃が言うと周五郎がどんぶりと箸を置いて座り直し、

「よしなにお願い申す」

と頭を下げた。

「妙なお侍さんだわ」

佳乃が幾たびも口にした言葉を吐き、弥兵衛がどことなく安堵の顔でふたりを見ていた。

鮟鱇汁で三杯飯を食った八頭司周五郎は五ツ（午後八時）過ぎに照降町の鼻緒屋から長屋に戻ろうとした。その折、どこにおいていたのか、刀を手にしていた。見送りに出たというより潜り戸の戸締りをしようと周五郎に従っていた佳乃は、

「ほんとうにお侍さんなんだ」

「なに、信じておらなんだか」

「信じていないわけじゃないけど、やっぱりお侍は刀が捨てられないのね」

佳乃の問いとも呟きともつかぬ言葉への返事の代わりに、

「佳乃どの、また雪がちらついて参った。親方をな、湯たんぽなんぞを入れて温かくして寝せたほうがよい」

「まるで身内ね」

「すまぬ」

と謝った周五郎が、

「佳乃どの、親方やおかみさんがこれほど喜んでおるのを見たことがない。よう戻ってくれた。それがしからも礼を申す」

と言い残すと潜り戸から出て行こうとした。

「お侍さん、菅笠、被《かぶ》っていかない」

潜り戸にあった破れ笠を渡すと、

「お借りしよう」

と周五郎が手にしていた黒塗りの大刀を後ろ帯に差し、佳乃の差し出す菅笠を受取った。

「珍しいわね。刀を後ろ帯に差すなんて」

「大小を腰に差す身分ではもはやないでな」

と言い訳した。だが、こんな刀の差し方を佳乃は初めて知った。

「聞いていい」

「なんなりと」

「八頭司周五郎さんって左利きなの」

「お分りになったか、さすがに鼻緒名人の弥兵衛どのの娘御じゃな。幼いころから左利きを厳しく右に直された。ゆえに左も右も箸でも道具でも使えぬことはない」

「お侍さんと初めて会ったとき、トオシの使い方が奇妙だなと思ったのよ」

「親方に鼻緒職人は左利きではならぬ、と仕事を断られた。だが、右手で道具を使ってみせると、妙な侍がいたもんだと奉公を許された」

と苦笑いをしてみせた。

「お侍さん、明日から宜しくね」

「こちらから願う言葉じゃ」

と破れ笠で雪をさけて八頭司周五郎が親仁橋のほうへと歩いていった。後ろ帯の黒塗りの刀の柄《つか》が右へと傾いて差し込まれていた。

決まりごとの多い武家奉公に不向きだったろうな、と佳乃は思った。


翌日のことだ。

佳乃は弥兵衛が頼まれていた日和下駄十足を竹籠に入れて宮田屋に持参した。

大番頭の松蔵が、

「だいぶ約定の日にちに遅れましたな」

と佳乃に嫌みを言った。

「弥兵衛さんの具合はどんな風です」

「この寒さです。決してよいとは言えません」

「仕事はしていなさるか」

「いえ、わたしがお父つぁんのやり残しを仕上げました。お検めのほどお願い申します」

と竹籠を宮田屋の店の上がり框《かまち》に置いた。

「見せてもらいましょう」

眼鏡をかけ直した松蔵が帳場格子を出て竹籠を挟んで佳乃と向き合った。

日和下駄は差歯が低く、その名の通り日和のよいときに履く下駄だ。今日のような雪の日は高下駄を履いた。

松蔵は日和下駄を手にとり、丁寧に鼻緒の前つぼに人差し指と中指を差し込んで挿げ具合を調べた。裏側を返して前つぼを閂《かんぬき》結びにしただまの具合や下駄の後ろの、閂止にして二つを化粧結びにした按配を調べた。

「たしか十足お願いしておりましたな」

「そう聞いております」

「弥兵衛さんは何足挿げなすったな」

「すべてわたしがやりました」

「なに、佳乃さん、あなたがこの日和下駄の鼻緒を一足残らず挿げたと言われますか」

松蔵が改めて十足の日和下駄を子細に点検し、佳乃の顔を見た。

「使いものになりませんか」

佳乃が松蔵に尋ねた。

「ここんところ弥兵衛さんの仕事ぶりは定まっておりませんでな、重ね草履なんぞを任せるのは難しゅうございました。それで普段履きの日和下駄の鼻緒を挿げてもらっていました」

竹皮を編んで三枚重ね五枚重ねにした重ね草履の鼻緒は、天鵞絨《びろーど》、絹、縮緬《ちりめん》、なめし革などを用いいた。鼻緒挿げの名人の弥兵衛は宮田屋から塗下駄や重ね草履の鼻緒挿げを頼まれていた。むろんこちらのほうが手間賃は高い。

松蔵が、

「佳乃さん、いい折に照降町に戻ってきましたな。これなれば、あなたに下り物の重ね草履の鼻緒を頼めます。あなた、三年前から腕が落ちておりませんな。いや、齢を食った分、履物が分ったようだ。日和下駄なんぞは浪人さんに任せてな、佳乃さん、あんたには下り草履の鼻緒挿げを願いましょう」

と持参した日和下駄を受取り、重ね草履の裏に革を張った値のはる履物を渡してくれた。むろん京からの下りものの履物だ。

「大坂は足袋　京は草履で　江戸は下駄」

と言われるくらい草履は京の品がよかった。一方江戸は下駄を履かねばならないほど道の整備が遅れていたのだ。

「弥兵衛さんが病でなければ親子ふたりにな、下り履物《もの》を任せられますのにな」

と松蔵は歎息した。

高下駄を履いた佳乃が店に戻ると、八重がそわそわと店を出たり入ったりしていた。

「どうしたの、おっ母さん」

「三郎次が来たんだよ。おまえを連れ戻しにってね」

「冗談じゃないよ、だれがあんなやつのところに戻るもんか」

「でも、ちょっとした夫婦喧嘩をしたもんでとかなんとか、えらく下手に出てね、そんな言い訳をしていたよ」

「それがあいつの手なのよ。賭場の連中に脅されてわたしを連れ戻しにきたんだろうけど、わたしの知ったことじゃないよ」

「玄治店の親分に知らせておこうかね」

と八重が言った。

佳乃は三郎次がひとりで江戸へ戻ってきたかどうか考えていた。

八重がなんとなく周五郎を見た。

「おかみさん、佳乃どの、今後の様子を見てから玄治店の親分に願うても遅くはあるまい」

古い駒下駄の鼻緒を挿げる周五郎が言い、佳乃に尋ねた。

「それより宮田屋さんはどうでござったな」

「下り物の重ね草履の注文を貰ってきたわ」

「ほう、それは吉報でござるな」

と周五郎が喜び、八重も三郎次のことを忘れたように、

「お父つぁんに知らせてくるよ」

と奥へ入っていった。

佳乃は下り草履の鼻緒を挿げるために作業場を整え直した。

日和下駄と京下りの重ね草履の鼻緒挿げとは、道具も技も違えば、職人の慎重さも気構えも違った。

「佳乃どの、仕事前に少し話をさせてもらってよいかな」

「なんです、お侍さん」

「そなたの連れ合いだった三郎次のことだ」

「嫌な気分になったんじゃない」

「それがしの気分などはどうでもよい。あの男はそなたが考えておる以上に悪《ワル》じゃ、それも人間のくずじゃ。上目遣いに他人を見る眼差しに心根が出ておる」

「そんな男に惚れたわたしが愚かだったのよ。この三年、我慢のしどおしだったわ」

「あの者、ひとりで江戸へ来たのではない。賭場の無頼漢が従っておる」

と周五郎が言い切った。

「やはり玄冶店の親分に知らせておいたほうがいいんじゃない」

「奴らは今日じゅうにも戻ってこよう。それからでも遅くないと思うがな。ともあれ、佳乃どの、そなたの気持ちが定まっていないと、親方もおかみさんもどうしようもないでな」

「親分からも質されたわ。わたしはこの三年後悔して暮らしてきたのよ。もうあんな男のいいなりにはならないわ。自分で拵《こしら》えた賭場の借財は、自分で始末してもらう。わたしがなんで遊里に

でない

身売りしなきゃならないのよ」

「相分った」

「なにが分ったというの」

「もはやだれがこようと佳乃どのの気持ちが変わらないかぎり、照降町で無法なまねはさせないでな」

と周五郎が言い切った。

「お侍さんがわたしを助けてくれるというの」

「迷惑かな」

「お侍さんに面倒がかかるわよ」

「それがし、勝手にこちらの鼻緒屋はわが身内と思うておる。ゆえに身内の難儀はそれがしの難儀にござる」

「おかしなお侍さんね。三郎次が出入りしていた賭場のやつらは、人の命なんてなんとも思ってない連中よ」

「まあ、様子を見てみようではないか」

と周五郎が言い、駒下駄の鼻緒挿げ替えの作業に戻った。

それを見た佳乃も重ね草履に鼻緒をいくつか合わせて、しばらく瞑目して気持ちを集中させた。

そして、ゆっくりとした手付きで天鵞絨の鼻緒を一つ摑んだ。

黙々とした仕事の時が流れていった。

第二章　除夜の鐘

一

この日も八頭司周五郎は夕餉を鼻緒屋で馳走になった。佳乃が、

「昼餉と夕餉くらいうちで食べてもらったら。日当は高く出せないんだからさ。三人も四人も同じよ、食いぶちなんて」

と八重に進言した結果だ。

周五郎は素直に喜んだ。

夕餉を食し終えた周五郎は、

「よいか、戸締りはしかとして休みなされ」

と佳乃にくれぐれも願うと杉森新道の裏長屋に戻っていった。

雪は止み、照降町の往来は半ば凍った雪で覆われていた。

弥兵衛は喘鳴が出たが佳乃が戻ってきた日ほど酷いものではなく治まった。

佳乃は周五郎の言葉を守って表の潜り戸も路地に設けられた裏戸もしっかりと戸締りした。

「お侍さん、朝湯に入ってくるのね」

今朝の周五郎を思い出しながら言った。

「照降町の店はおよそどこも四ツ（午前十時）始まりだからね、朝湯に入ってくることが出来るのだろうね」

と八重が言った。

「いつものことなの」

「いや、三日に一度かね。夏と違い、この時節は汗を掻《か》かないからね」

と八重が言ったが、佳乃は湯銭を節約しているんじゃないかと思った。

「育ちがいいんだかどうだか、妙におっとりしているわね」

「育ちがいいと何事も動じないのかね。わたしゃ、町屋に暮らして屋敷奉公の慣わしを忘れたんじゃないかと思うけど」

親子は夕餉の片付けをしながら話し合った。

「西国育ちといったけど、江戸の暮らしに慣れていると思わない」

「江戸にも屋敷があるだろ。そこへ何年か奉公していたんじゃないかね」

「聞いたことないの」

「そんなこと知ってどうするんだい。うちじゃ、あの人には鼻緒の挿げ替えをしてもらえばいいだけなんだからさ。昔、屋敷奉公していたかどうかなんて大したことじゃないよ」

八重は関心がなさそうに言い放った。一方、佳乃は八頭司周五郎が武家奉公を辞したにはなにか曰くがあると思っていた。

「まあね」

と応じた佳乃は弥兵衛に寝る前に飲む煎じ薬を持っていった。

父親は床の上で綿入れを着て、考え事をしていた。

「お父つぁん、煎じ薬よ」

ああ、と答えた弥兵衛は佳乃から茶碗を受取り、少しずつ顔をしかめながら飲んだ。

「お父つぁん、なにを考えているの」

「なにを考えているかって、なにも考えてねえよ」

「あのお侍さんが屋敷奉公していたというのは真《まこと》のことなの」

うむ、と茶碗を手に弥兵衛が佳乃に顔を向けた。

「一年半もいっしょに働いてきたんでしょ。どんな生き方をしてきたかくらい聞かなかったの」

しばし間を置いていた弥兵衛が、

「八頭司周五郎さんが屋敷奉公していたのはたしかだ」

「なぜ辞めたのか聞いたの」

「ちょっとしたしくじりをして辞めざるを得なくなったそうだ」

「悪さをする人じゃないものね」

「ああ、人柄は間違いねえ。おれが知るのはそんなもんだ」

と答えた弥兵衛が珍しく言葉を続けた。

「人間だれしも思い掛けないしくじりや事を起こす。おめえが三郎次と駆け落ちしたようにな」

「お父つぁん、三郎次に会ったの」

「いや、声を聞いただけだ。応対は周五郎さんがやってくれた」

「えっ、おっ母さんじゃないの」

弥兵衛が首を横に振った。

「三郎次の声を聞いたんでしょ、どんなだった」

「おまえと駆け落ちした三年前より声柄が悪いな。もはや堅気の人間じゃねえ、ならず者の口調だ」

弥兵衛の言葉に頷いた佳乃が、

「あんな男に騙されるなんて、わたし、よほど目が眩んでいたのね。ご免ね、お父つぁん」

と詫びたとき、表戸がどんどんと叩かれた。

はっ、とした佳乃に、

「二階に隠れていろ」

と弥兵衛が命じたが、

「いいわ、わたしが応対する。三郎次なら戸を開けない」

と店に出ていった。

「どなた」

「わたしよ、堀江河岸のおみねよ」

くぐもった女の声が応じた。

「堀江河岸のおみねちゃんって、豆腐屋のおみねちゃん」

「そうよ、よっちゃん」

「急ぎの用事なの、おみねちゃん」

「そう、知らせておいたほうがいいと思ったの」

佳乃は豆腐屋のおみねとはさほど親しくなかったが、日本橋川に接した二本の堀留に挟まれたシマ内だ。知らない間柄ではないし、佳乃が出戻ったことはシマじゅうが承知だろう、となると、三郎次のことか。そう思った佳乃は下駄をひっかけて潜り戸を開けた。

その途端、寒風といっしょに血の臭いを漂わせた人影が蹴り込まれて土間に転がった。慌てて避けた佳乃はそれが誰かを見た。

血塗れの三郎次が猿轡《さるぐつわ》を嵌《はめ》られていた。

「な、なによ」

さらに三人の男女が押し込んできた。

「あ、あんたたち、だれよ」

「おめえは三郎次の女房だな」

着流しに褞袍を着込んだ男が佳乃を見た。

「へん、わたしゃね、三郎次に騙されて駆け落ちしたけど女房になった覚えはないよ」

「三年もいっしょの屋根の下に暮らせば女房同然だ」

「そんな理屈は在所じゃとおるかもしれないけどね、千代田の御城のお膝元、照降町じゃ通じませんよ」

佳乃は言い放った。

三人の男女は堅気の人間ではなかった。やくざ者か、男たちは腰に長脇差をぶちこみ、女は手拭いをふきながしにして、その端を口に咥えていた。そのせいでくぐもった声がして、豆腐屋のおみねと間違えたのか、と佳乃は悔やんだ。

「おめえの屁理屈を聞くために六郷の渡しを渡ってきたんじゃねえや。おめえの身柄は、神奈川宿の祭文《さいもん》の菊之助《きくのすけ》親分が預かったんだよ」

「おまえさんは祭文の親分のなんだい、使い走りか」

「おれか、おりゃ、祭文の菊之助の代貸《だいがし》、昔相模界隈で素人角力《ずもう》の大関を張った熊辰《くまたつ》だ」

佳乃は時を稼ごうと喋っているうちに腹が据わった。

「田舎角力の大関で熊辰かえ。わたしゃ、祭文の菊之助なんて田舎の博奕打ちに自分の身を預けた覚えはないよ。捨て猫だってもっとましな扱いを受けてうちの飼い猫になったのさ。わたしゃ、物じゃないよ、祭文の菊之助だろうがなんだろうが、だれにも売り買いなんてさせませんよ」

「そうかい、そんな屁理屈は三郎次に言いな」

と兄貴分がいうと、土間に転がっていた三郎次が起き上がり、自分で猿轡を外して、

「佳乃、たのまあ。おれの願いを聞いてくんな。熊辰の兄いのいうとおりにしねえとおりゃ、殺されるんだ」

と太々《ふてぶて》しい口調で乞うた。

「あんたに貸しはあっても借りはないよ。見てのとおりの鼻緒屋で六、七歳の折から働いて貯め込んだ二十七両を、わたしに無断で持ち出し博奕に使ったのは三郎次、あんたじゃないか」

「夫婦は一心同体だぜ」

「都合のいいせりふを言いなさんな。この照降町界隈にあんたの口車に乗って金を貸したり、夫婦になると約定したりした女衆《おんなし》がごろごろといるってね。あんたに講釈するのもなんだけど、照降町は西に魚河岸、東に芝居町だよ。神奈川宿くんだりの在所もんに脅されて黙って従う女はひとりもいない。三郎次、あんたが騙した女をここに集めようか」

佳乃の啖呵《たんか》に、熊辰が言った。

「三郎次、てめえの命はせいぜい数両だが、この女は何十両もの価値があるぜ。鉄火のおぎん、早飲込みの武造、この女と三郎次を堀に止めた船に引きずりこみな。三郎次は、大川に出たところで流れに蹴り落とすぜ」

「く、熊辰の兄い、は、話が違うぜ」

「どこがどう違うよ。おめえの賭場の貸しは五十二両にも上っているんだ」

「だからよ、佳乃の体で払うと言っているじゃないか」

と怯えた顔を三郎次が大関の熊辰に向けた。

おぎんと武造が三郎次の両腕をとろうとした。

「た、助けてくれ、佳乃」

その瞬間、佳乃の手が鼻緒直しを頼まれていた古下駄をつかみ三郎次の額を、
がつん
と殴りつけた。

「あ、いたた」

と三郎次が悲鳴を上げた。

「この女、いよいよ面白いぜ。おぎん、三郎次の息の根をここで止めな。大川に運ぶなんぞは面倒だ」

「あいよ」

鉄火のおぎんが後ろ帯から匕首《あいくち》を抜いた。

「おい、おぎんとやら、うちは堅気の小店だよ。店先で殺しをされてたまるもんか。やるならそとでやりな」

佳乃が三郎次の額を殴った古下駄をおぎんに突き出していった。

「大関の兄さん、この女《あま》も面倒だよ」

「おぎん、ふたりとも始末してどうするんだよ、鼻緒屋に五十両もの金子があるわけじゃねえ、女は神奈川宿で稼がせるのよ」

大関の熊辰の命に鉄火のおぎんが匕首を構え直し、佳乃も古下駄を握り直した。

「早飲込みの武造、三郎次を始末しな」

武造が長脇差を抜いた。

そのとき、閉じられていた潜り戸が開いて風が舞い込み、瘦身の男がすっと入ってきた。

佳乃が見ると着流しに破れ笠の八頭司周五郎だった。

「てめえはなに者だ」

「最前会わなかったか。それがし、こちらの鼻緒屋の奉公人でござってな。話は表で聞かせてもらった。佳乃どのが申されるように店先で血を流すのはいささか困る」

「てめえは職人か、浪人か」

大関の熊辰が喚《わめ》いた。

「そう申されても少々説明は厄介でな、一言では申せぬ」

「邪魔をするねえ、なんならてめえも三郎次といっしょに大川へ蹴り込もうか」

「師走じゃぞ、水は冷たかろう」

「くそっ、女も男もべらべらと喋りやがる。早々に女を連れ出せ、おぎん。おれがこの妙な男の始末をつける」

「待ってくれぬか、大関の熊辰どの。ただ今な、玄冶店の御用聞きに人を走らせておる。大番屋に場を移して、三郎次を始末するなりなんなりとなされよ」

「てめえら、わざわざ神奈川宿から出向いてきた祭文の菊之助一家の代貸、大関の熊辰をこけにしやがるか」

と喚いた熊辰が長脇差を引き抜いて八頭司周五郎に斬りかかろうとした。

次の瞬間、周五郎の左手が後ろへと回され、心張棒を摑むと迅速な動きで大関の熊辰の首筋に叩き込んだ。

がつん

と鈍い音がして鎖骨が折れる音がした。

くたくたと大関の熊辰の体がくねり、土間に悶絶した。

それを見たおぎんが腰だめにした匕首で佳乃に突きかかろうとした。

周五郎の心張棒が、

くるり

と転じておぎんの鳩尾《みぞおち》に突き込まれ、こちらも後ろ向きに倒れ込んだ。

三郎次に長脇差の切っ先を突き付けていた武造が周五郎の一瞬の早業に茫然として立ち竦んでいた。

三郎次が必死で潜り戸に這って逃げようとした。するとそこへ十手の先が突き出され、

「三郎次、この照降町界隈で娘を騙して金子を奪い、ついでに鼻緒屋の看板娘までかっさらって行きやがったな。それでよ、賭場の借財を佳乃の身で支払わせようなんて、都合が良すぎるぜ。その上、旗色が悪いとなると、てめえだけ逃げようという算段か。玄冶店のおれの十手がそうはさせねえよ」

と言い放って玄冶店の準造親分と子分たちが御用提灯を先頭に狭い鼻緒屋の土間に入ってきた。

それを見た佳乃がへたへたと店の上がり框に腰を下ろした。

周五郎が、

「ほれ、早飲込みどの、玄治店の親分のお出ましだ。長脇差をいつまでも手に構えていると十手の先で頭を殴られるぞ、捨てよ」

と命じると早飲込みの武造が、ぽろり、と長脇差を捨てた。

玄治店の親分が八頭司周五郎の心張棒を見て、

「古下駄の鼻緒直しも器用に覚えたがさ、おまえさん、剣術《やっとう》の腕前、並みじゃねえな」

と言いながら土間に転がる大関の熊辰と鉄火のおぎんを顎で手下たちに差して、

「三郎次を含めてよ、四人をきりきりと縛りあげねえ、大番屋に引き立てるぜ」

と命じた。

「親分どの、それがしはしばしこちらに残ってよろしいか」

「すべて見通してなさるね。心張棒で応対したおまえさんに、なんの罪咎《つみとが》もあるものか。聞きたいことがあれば、南町の旦那がわっしに命じられよう、そのときでいいぜ」

「有難い」

鼻緒屋の店先から四人が引き立てられ、急に店のなかが広く感じられた。

周五郎が佳乃を見ると、上がり框に腰を落としたまま忘我とした顔付きでいた。

「佳乃どの、怪我はないようだが、いかがなされた」

「えっ、うん、なんと言ったの、お侍さん」

佳乃が周五郎の顔を見た。

そこへ母親の八重が姿を見せて、

「終わったのかい」

と土間を見廻した。

「南町奉行所の手札を頂戴している玄冶店の親分が三郎次を含めて引きたてられたのだ。神奈川宿の賭場の親分、うむ、なんと言ったかな、佳乃どの」

「祭文の菊之助よ」

「それだ、祭文の菊之助もどうすることもできまい」

と周五郎が答え、

「お侍さん、どうしてそんなことを承知なの」

「うむ、事情を知らんとな、どう相手してよいか分らぬゆえ、戸の向こうで佳乃どのと大関の熊辰のやりとりを聞いておったのだ」

「えっ、わたしの話を聞いたの」

「さすがに照降町育ちの女子でござるな。武家奉公ではああは喋れぬ、小気味よい啖呵でござった」

「意地が悪いわね、このお侍さん」

佳乃が母親の八重に言った。

「意地が悪いかどうかは知らないが、周五郎さんは剣術ができるのかね」

「剣術ができるかどうかって、あっ、という間に大関のなんとかと鉄火のおぎんふたりが土間に転がっていたもの、強いかもしれないわね」

「佳乃どの、相手は素人じゃ、武士ならばあの程度はだれにもできよう」

と八頭司周五郎が謙遜したが佳乃は、

(この浪人、なにかを隠している。あの腕前は尋常ではない)

と思った。

「よし、それがしもお暇《いとま》致そう」

と周五郎が言った。

「おっ母さん、店を片付けて今晩はここで寝てもらったら」

と佳乃が言った。

「いや、他人様の家では落ち着かぬ。それがし、杉森新道の長屋に戻ろう。よいか、もはやなにもないと思うが、しっかりと戸締りをしてだれが声をかけようと潜り戸を開けてはならぬ」

と険しい口調で佳乃に命じた八頭司周五郎が潜り戸から夜の照降町へと姿を消した。また雪が降りだしていた。

そのとき、佳乃は、

(あのお侍、さっきは長屋に帰るふりをして照降町に三郎次らが戻ってくるのを待ち受けていたのか)

と思った。

二

文政十一年の大晦日、照降町の往来では掛け取りに歩く番頭や手代が夜遅くまで見られた。

弥兵衛の鼻緒屋でも、なんとか味噌・油・米・醤油などの日用品の支払いを終えた。

鼻緒屋では新しい草履や塗り下駄などは鼻緒といっしょに宮田屋から預かって挿げる。宮田屋から手間賃が二月《ふたつき》に一度支払われた。下りものは鼻緒を挿げて納めるだけだから、鼻緒屋の仕入れは安物の下駄とか鼻緒だけだ。これは浅草聖天町で現金で買う。

弥兵衛が喘息で仕事を休んでいた分、宮田屋からの手間賃はいつもより少なかったが、掛け取りに支払う分はなんとか頂戴した。

一方、古草履や古下駄の鼻緒を挿げ替えて、少しでも気分をすっきりとして正月を迎えようと、夜遅くまで客がきた。鼻緒の挿げ替えは手間賃は安いが現金が直に鼻緒屋に入ってきた。

周五郎の住む杉森新道の長屋の住人、みつが弟妹たちの履物の鼻緒の挿げ替えを頼みにきて、

「佳乃さん、やっぱり照降町に戻ってきたんだ」

と幼なじみが顔を合わせたのは五ツの時分だった。

「騒ぎを聞いたでしょ。三郎次の表面《おもてづら》に騙されて駆け落ちして、この体たらくよ。もう男はこりごり、お父つぁんの加減もよくないし、鼻緒屋を手伝って暮らすわ」

「浪人さんは弥兵衛さんのところで働いているのになにも言わないから、野菜の棒手振《ぼてふ》りに佳乃

さんが戻ってきているのを教えられたのよ」

長いこと着込んだ立縞《たてじま》木綿の綿入れを着たみつが、前掛けの下から風呂敷に包んだ三足の古下駄を恥ずかしそうに出した。

「鼻緒の挿げ替えね」

と受け取った佳乃がちびた駒下駄を見た。

「おみつちゃん、弟の勝男さんはいくつになったの」

「来年はそろそろ奉公に出る齢よ、明日で十四になるわ」

「みなちゃんが十一かしら」

「明日で十二、園次が八つよ」

佳乃は歯が減った駒下駄と鼻緒を見て、

「おみつちゃん、鼻緒を挿げ替えるのもいいけど、もう少し大きな駒下駄にそれぞれ鼻緒を挿げたらどう。この下駄じゃ小さいでしょう」

「そうしたいのは山々だけど、新しく買う下駄代がないの」

みつが寂し気にも哀し気にも見える顔をした。

佳乃の知るみつの表情だった。いつも暗い顔をしていたみつしか覚えがない。

「おみつちゃん、大晦日もあと二刻とないわ。もう客は来やしない。久しぶりに会ったのよ。代金なんて気にしないの。わたしたち、幼なじみじゃない」

佳乃は十四と八歳の男の子、それに十二の娘に合う、新しい下駄と鼻緒を見繕った。

「お侍さん、男の子の下駄二つと鼻緒を選ぶから挿げてね」

と願うと古下駄の鼻緒を挿げ終えた周五郎が、

「承知仕《つかまつ》った」

と請け合った。

「承知仕った、ね。照降町の鼻緒屋の職人の問答じゃないわよね。おみつちゃん、上がり框に座って」

佳乃が指図して、奥に向かって叫んだ。

「おっ母さん、杉森新道のおみつちゃんよ、なにか甘いものない」

「あいよ」

と八重が答えた。

「佳乃さん、いいの、そんな持ち出しして。うち、屋根職人よ、この雪だと仕事が休みなの、直ぐにお代は払えないわ」

「そんなこと、昔からの間柄じゃない、合点承知の助よ。お代なんて気にしない気にしない。おみつちゃんが弟や妹のために頑張っているって、うちのお侍さんから聞いたわ。三足や四足の下駄代なんて、大したことはないわ。ちょっと待ってね、お侍さんと手分けしてやるから、そうは待たせないわ」

そう言った佳乃は、みつと話しながら目で選んでいた男物の駒下駄の二足と鼻緒を周五郎に渡した。弟の勝男と末弟の園次の分だ。佳乃はみつの妹のみなの分の花柄の鼻緒を挿げ始めた。

みつは遠慮げに上がり框に座り、

「浪人さんが鼻緒の挿げ替えしているところ初めて見た」

と呟いた。そこへ、

「おみつちゃん、除夜の鐘もあと一刻半あまりで鳴るよ」

と言いながら八重が盆に大福餅と茶を載せて運んできた。

「おばさん、ありがとう」

「仕事と家のこと、頑張っているってね。うちの佳乃なんぞは家をうっちゃって三郎次ってバカと駆け落ちだよ。そんでさ、三年ぶりにふらりと帰ってきちゃってさ。呆れてものがいえないよ」

八重の言葉は、どことなく嬉しそうにみつには聞えた。

「おばさん、佳乃さん、三年前とちっとも変わってない。いや、違うな、大人の女になったというのかな」

「大人の女ね、ただの出戻りだよ」

「佳乃さん、照降町の外でも鼻緒屋で働いていたの」

みつが佳乃の鼻緒を挿げ替える手際のよさを感心したように見て、問うた。

「長屋の人の鼻緒を挿げ替えるくらいはしていたけどさ、不思議よね、幼いときからお父つぁんの仕事を見てきたでしょ。十歳前には一人前の鼻緒挿げの女職人を気取って仕事をしていたわ。そんなことって手が忘れないで、覚えているものなのね」

宮田屋から預かった重ね草履や塗り下駄の鼻緒を挿げる技を佳乃は、この数日で思い出していた。子どものころから十数年覚えた技を手先が記憶していた。駒下駄などお茶の子さいさいだ。

「よし、おみなちゃんの正月用の駒下駄が出来たわ」

と手渡した。

茶を飲んでいたみつが茶碗を置いて妹の下駄を受取り、思わず目を潤ませた。

「お侍さん、どんな風」

佳乃はみつの顔を見ないように周五郎に尋ねた。

「佳乃どの、そなたのように手際よくはいかぬ。見事なものじゃな、女職人の動きはまるで水が流れるように滑らかじゃぞ」

「お侍さん、口も上手ね」

「上手ではない。それがしなど未だ片方が仕上がっておらぬ」

「だって一年半でしょ、大したものよ」

「ほう、女師匠に褒められたか」

と周五郎が嬉しそうな顔をした。

佳乃は大人用の駒下駄をとり、鼻緒に明るい色を選んだ。

「これはおみつちゃんのよ」

みつは必死で涙を堪えていた。

周五郎が弟たちの鼻緒を挿げ終えた。

大晦日の宵に真新しい履物を買いもとめにくる裏長屋の住人用に買っておいた駒下駄四足に、鼻緒を挿げて上り框に揃えて置いた。

「おお、なかなかよいな。杉森新道の裏長屋に春が参ったぞ」

と周五郎が破顔した。

いったん奥へ下がっていた八重が佳乃と周五郎にも茶と大福餅を運んできた。盆には竹皮包みが添えられていた。

「おばさん、佳乃さんに新しい下駄を頂戴したの」

「出戻りだからね、少しはこの界隈の人にお返ししないとね。あれだけ迷惑かけたんだから」

と言った八重が、

「おみつちゃん、おまえさんところのおきちさんは戻らないかねえ」

と余計なことまで口走った。

「おっ母さん」

佳乃が注意したが、

「この界隈じゃ内緒ごとなんてできないんだよ。おまえの駆け落ちと同じくおきちさんの家出も承知だよ」

「ならば改めていうことじゃないわよ」

親子の問答を聞いていたみつが、

「いいな、そんな話が出来てさ」

と洩らした。

「おみつどのは、三人の弟妹の母親代わりでもあるからな、よう頑張っておられるぞ」

「佳乃さんは手に技もある。それに三年前よりきれいになったわ、貫禄だってある。どうしてだろうね」

「駆け落ちも修業なのよ」

佳乃が居直ったように言い、

「おみつちゃん、お父つぁんや弟や妹たちのために働いていることがいつか必ず花を咲かせるわ。もっともわたしが偉そうにいうこともないか。ともかく男はもうこりごりなの」

「そういえば三郎次たち、どうなったかね」

八重がまた余計な話を持ち出した。

「それがし、玄冶店の親分に今朝方会った」

周五郎が言い出した。

「なにか言っていたかえ、あいつらのことをさ」

「ただ今は小伝馬《こでんま》町の牢屋敷に入っておるが、年明けにもお白洲で沙汰が命じられるそうだ。店の中で刃物なんぞを振り回した男女三人も三郎次も百叩きのあと、江戸払いを命じられるそうだ。あの無頼漢の大関の熊辰らは相模神奈川宿の者ゆえ、あちらの悪さが加わると遠島は間違いない。だが、こちらの騒ぎだけでは、最前の沙汰で始末がつくのではないかというていた」

「三郎次め、死に損なったわね」

と佳乃が言った。

「佳乃さん、いいな。あっけらかんとしているもの」

みつが言い、慌てて、

「ご免、そんな心算《つもり》じゃないのよ」

と言い訳した。

「おっ母さんの言葉に比べれば、蚊に刺されたほどでもないわよ。春になったらさ、湯屋のふみちゃんたちとお喋りしようよ。富沢町には藪入《やぶい》りはないの」

「わたし、藪入りの日も働かしてもらっているの。でも、会えるといいね」

みつも佳乃とお喋りできて、どことなく元気になったようだ。

「古下駄はこちらで片付けておくわ」

「お願い」

と言って上り框から立ち上がったみつが、

「おばさん、佳乃さん、浪人さん、ありがとう。よいお年をお迎え下さい」

と挨拶し、八重が、

「大福餅を竹皮に包んでおいたよ、弟や妹たちに食べさせておあげ」

と渡した。

みつは嬉しそうに真新しい下駄四足を丁寧に風呂敷に包み、大福餅の竹皮包みをその上に載せて店を出ていった。

「今年もこれで終わりかね」

　と八重が呟き、

「お侍さん、仕舞いにしようか」

　と佳乃は八頭司周五郎に言った。

「年越し蕎麦が用意してあるよ。おみつちゃんのとこでも年越し蕎麦で祝えるといいがね」

「おっ母さん、どこのうちもそれぞれ事情があるのよ」

「おきちさんは戻ってこないというんだね」

「さあね」

　と佳乃が答え、

「それがしもおきちどのは戻って来られぬような気がする。その分、おみつどのの背に重い荷がずしりと乗っておる」

「どこの家にも一つ二つくらい、悩みごとはあるのよ」

「おまえは照降町に戻ってきてから、えらくさばさばしているじゃないか」

「地獄を見てきた女は強いの」

　と言った佳乃が、

「ああ、そうだ。浪人さんがいなかったら、こんな能天気なことは言っていられないな。三郎次を追い払ってくれたのに、ちゃんとお礼を言っていなかったわ。除夜の鐘の音を聞く前にお礼を言っとこう」

と言って正座し直して、

「お侍さん、いいえ、八頭司周五郎様、お陰様で地獄に連れ戻されずに済みました。真に有難うございました」

と頭を下げた。

「佳乃どの、われら、身内、いや、主従でござる。助けたり助けられたりするのは当然でござる。頭を上げて下されと周五郎が願った。

「へへえ」

と返事をした佳乃が顔を上げて、

「おっ母さん、このお侍さん、ただの浪人さんと違うと思わない」

「ただのお侍さんとどこが違うんだよ」

「そう問い直されても分らないけど、秘め事があるのよ。だからうちなんかでこつこつ鼻緒の仕事をこなしているんだと思うわ」

「そうかね、奉公を辞めちゃった浪人さんと思うがね」

親子の問答を周五郎はただ笑みの顔で聞いていた。

「佳乃、仕事場を早く片付けてさ、年越し蕎麦にするよ」

八重が盆の上に空の茶碗などを載せて奥に消えた。

「よし、片付けて鏡餅や松飾りをもとへ戻そうか」

周五郎は昨年末も仕事仕舞をしたせいか、なかなか手慣れていた。佳乃はトオシやヤットコや鋏など道具類に一つずつ丁寧に拭いをかけて道具箱に納めた。

仕事場がきれいに片付いたのが九ツ（零時）前のことだった。

「今年の正月はどうしたの」

「どうしたとはどういうことかな」

「わたしがいた時分、元日には神田明神と湯島天神、根津権現に初詣でにいくのが仕来りだったけど」

「おお、そのことか。昨年末から正月にかけて親方どのの加減が悪くてな、それがしが代参にて初詣でに行き申した」

「そう、お父つぁん、去年も寝込んでいたんだ」

「暖かくなるとよいのだがな」

周五郎の言葉に佳乃はしばし沈思していたが、

「お侍さん、明日はわたしがいくわ」

と申し出て、周五郎は、

「そう願おう」

とほっと安堵の顔で言った。

「お侍さんはなにか用事があるの」

「正月にか、なにもあるものか」

「ならば、わたしといっしょにお父つぁんの代参をする気はないの。迷惑かな」

「なに、佳乃どのと初詣でか、それはよい。ならば明日、朝湯に入ってこちらに迎えに参ろう」

と周五郎が言ったとき、八重の、

「なにやってんだい、蕎麦がのびるよ」

という声が奥からした。

床を部屋の隅に押しやって四人の膳をつくり、年越し蕎麦が運ばれてきた。佳乃は年の終わりというのでちろりで燗をした酒と盃を四つ持ってきた。

弥兵衛、周五郎、八重、と佳乃が酒をそれぞれの盃に注いだ。

「お父つぁん、なにか一言ないの」

「皆に迷惑をかけた」

と弥兵衛がぼそりと呟いた。

「病のときは致し方ないわよ。そんなことをいうのなら、わたしなんかいる場所ないわ」

と洩らした佳乃が、

「来年もよろしくお願いします」

と言い添え、

「それがしも身内の一員に加えてもらって有難うござる」

と周五郎が応じたとき、石町の鐘撞堂の鐘が鳴り響いてきた。

四人は除夜の鐘を聞きながら盃の酒に口をつけた。だが、四人とも酒に口をつけただけで盃一杯を飲み干したものはいなかった。

「蕎麦を頂戴しよう」

周五郎が盃を膳に置くと箸を取り上げた。

「来年はいいことがあるといいね」

と八重が言った。

「駆け落ちした娘が出戻って家族が揃い、お侍さんもうちの鼻緒屋を手伝ってくれている。おっ母さん、それ以上の幸せがある」

「そうだね、お父つぁんの喘息の発作がでないといいけどね」

「こればかりは致し方ないよ、暖かくなるのを待つしかないわよ」

佳乃の言葉に八重が頷き、蕎麦を啜った。

(ああ、照降町の大つごもりか)

と弥兵衛は思いながら、ゆっくりと蕎麦を口にした。

「お父つぁん、明日さ、神社に御札を納めに行ってくるわ、お侍さんがいっしょに行ってくれるって」

「そうか、今年は周五郎さんがお父つぁんの代参を務めてくれたものね。次はお父つぁんが行けるようになるといいけどね」

「神様にもそうお願いしてくるわ」

佳乃は除夜の鐘を聞きながら蕎麦を啜った。

三

翌朝、八頭司周五郎は無紋ながら羽織袴姿で大小を左の腰に差して佳乃を迎えにきた。

「えっ、どこのどなた様かと思ったよ」

八重が奇声を発したほどだ。

佳乃は黙って周五郎の形《なり》を見ていたが口を開いた。

「昨年もその姿で初詣でに行ったの」

「いや、あの折はそれがしひとりゆえ、仕事着姿で御札を神田明神と湯島天神に納めに参り、佳乃どのが手にしておられる御札を頂戴して参った」

「今年はなにか格別なことがあったの」

「ござった」

「なによ」

「それがし、佳乃どのの付添いにござる。久しぶりに奉公の折に着ていたかような羽織と袴を行《こう》李《り》から引き出して着てみた」

「えっ、わたしのために羽織袴の正装をしたの」

「いささかかびくさい臭いがせんでもない」

羽織の袖を周五郎が引っ張って臭いを嗅《か》いでみせた。

島田まげの佳乃は昔誂《あつら》えて一度も袖を通したことがなかった渋い縦縞の小袖に横縞の帯をきりりと締めていた。

「よかったな、それがし、いつもの形で参るかどうか迷ったのだ」

と町娘の形を眩しそうな眼差しで見て、周五郎が得心したように頷いた。

「妙な組み合わせね」

と洩らした佳乃が、

「おっ母さん、お父つぁんの喘息が治るようにお参りしてくるわね」

と言い残し、

「若様、参りましょうか」

と照降町を荒布橋へと歩き出した。

お店はどこも夜半まで掛け取りに行ったり、掛け取りを迎えたりして未だ表戸は閉ざしたままだ。

雪は日陰に少しばかり残っていた。

潜り戸を少し開いて傘屋三笠屋の番頭の九蔵《きゅうぞう》が顔を覗かせ、

「おお、照降町の小町娘と鼻緒屋の若侍が揃っておでかけかな」

と冗談口を叩いた。

「あら、出戻りでも娘と呼んでくれるの」

と応じた佳乃が足を止めて、

「三笠屋の九蔵さん、明けましておめでとうございます。本年も宜しくお付き合いのほどをお願い申します」

と丁寧に挨拶した。

周五郎も慌てて佳乃に倣った。

もっと慌てたのは九蔵だ。

「よっちゃんよ、おれはまだ寝間着だよ」

と言い訳しながらも、

「よう戻ってきなさったな、三郎次なんぞ亭主の勘定に入れるんじゃないぜ。おめえは未だ照降町のおぼこ娘だ」

「ひねたおぼこ娘ね」

「おめでとうさん」

と言った九蔵が顔を引っ込めた。

「駆け落ちした相手も出戻りってことも照降町じゅうが承知なのにね」

「佳乃どの、そう出戻りだ、駆け落ちだと自ら喧伝することもあるまい。照降町の衆がみなそなたの戻ってくれたことを喜んでおるのだ。そなたがいなかった三年はなかったことにしてもいいではないか」

「するとわたし、十八に、いや、十九だわ、そういうこと」

「そなたは十分に十八、九歳で通る」

「お侍さん、意外と口が上手いわね。その口で奥女中を騙して屋敷奉公を辞めさせられたんじゃないの」

「それがし、三郎次ほど口が上手ではござらぬ」

周五郎が言った。

荒布橋の老梅の幹には真新しい注連縄が巻かれていた。

佳乃は照降町の神木の梅に手をおいて瞑目した。

(お父つぁんも照降町もわたしを快く受け入れてくれたわ、ありがとう)

と胸中で呟き、両眼を開けた。

白梅に新年の光があたり、花がきらきらと光っていた。

「佳乃どのは照降町がようお似合いじゃ」

「駆け落ちして分ったの、わたしは照降町の女だって。両側町のこの界隈は、みんな知り合いよ。困ったら隣近所の人が手を差し伸べてくれる。三郎次と逃げた六郷川の向こうはこんな町じゃなかったわ」

と自分の正直な気持ちを告げた佳乃は、

「八頭司周五郎さん、あなたがうちにいてどれほど心丈夫だったか、言葉ではいいきれない」

と頭を下げた。

「佳乃どの、その礼は二度目じゃぞ。それがし、鼻緒屋の身内と勝手に思うておる。頭など下げんでくだされ」

と周五郎が言ったとき、

「おい、よしっぺ。正月早々浪人さんを口説いていやがるか」

と声が掛かった。

真新しい半纏《はんてん》を着た若い衆がふたりを猪牙舟《ちょき》から見上げていた。六尺豊かな背丈と太い両足両腕を持った船頭だった。

「あら、幸《こう》ちゃんじゃない」

「おうさ、よしっぺによくいじめられた幸次郎《こうじろう》よ」

「なにいってんの、あなたがこの界隈一のワルだったじゃないの。いじめられたのはわたしのほうよ」

「だがよ、よしっぺは一度として泣いたことはねえな」

と笑った幸次郎が、

「よく帰ってきたな、これで照降町にも光がさすぜ」

と言い、

「神田明神の初詣でか、猪牙に乗っていかねえか」

「わたしは鼻緒屋の出戻りよ、猪牙に乗るなんて身分じゃないの。それにお父つぁんが寝ているのよ、贅沢はできないわ」

「だれが銭をとるといったよ。おめえが照降町に戻ってきた祝いだ。おれも神田明神の初詣でに付き合うぜ。邪魔でなければな」

佳乃は周五郎を見て、

「お侍さん、乗せてもらいましょうか」

と尋ねた。頷いた周五郎が、

「佳乃どの、そろそろお侍さんは止めてくれぬか」

と言い、幸次郎が笑い出した。

「なんと呼べばいいの」

「それがし、鼻緒屋の奉公人ゆえ、周五郎でよい」

「命の恩人のお侍さんを周五郎なんて呼び捨てにできないわ。それに佳乃どのって、わたしを呼ぶのもおかしいわ」

ふたりの問答を聞いていた幸次郎が話柄を変えた。

「よしっぺ、三郎次の野郎がおまえさんを連れ戻しにきたってな。それもやくざ者を三人連れてよ。そいつをこのお侍さんがあっさりと叩きのめして玄冶店の親分に引き渡したそうじゃないか。いまどき、珍しい剣術の技の持ち主だって親分が感心していたぜ、それが鼻緒の挿げ替えだってよ。妙ちきりんな鼻緒屋があったもんだぜ」

幸次郎が櫓《ろ》を操り、霊岸橋を横目に崩橋に猪牙舟を巧みに潜らせた。幸次郎の長屋はシマにあったが、仕事先は父親といっしょの箱崎《はこざき》町の船宿中洲《なかす》屋だ。

「三年ぶりにうちに戻ったらお侍の職人がいるじゃない、驚いたわ。まさか心張棒でやくざ者をあっさりと叩きのめすなんて考えもしなかった」

「お侍さんに感謝しなきゃあな。それにしても三郎次め、クズったれだな」

「照降町に出戻ったら、あいつが女を食い物にして生きてきたのがよく分ったわ。わたしが十数年鼻緒の女職人として稼いできた金子を賭場で勝手に使い、その上、借財のカタにわたしを神奈川宿の飯盛女郎に売り払おうとした男よ」

「野郎に騙された女を何人も承知しているぜ。まさかよしっぺが野郎と駆け落ちするとは思わなかったがよ」

幸次郎が腹立たしげに言い放った。

「愚かな娘だったのよ」

頷いた幸次郎が、

「よしっぺはまだ若いや、気分を変えて、出直しをするんだな」

幸次郎の言葉に佳乃は大きく頷いた。

「三郎次はどうなったかしらね」

「心配か」

「思い違いしないでよ、幸ちゃん。あいつに未練なんて小指の先もないからね」

「昨日よ、玄冶店の親分に会ったらよ、やくざ者の三人は奉行所が伊豆の代官所に問い合わせているってよ。あれこれと悪さを重ねていそうだから遠島は間違いねえそうだ。三人に脅されて江戸まで案内してきた三郎次はよ、百叩きの上、江戸払いじゃないかって。もうこの界隈には戻ってこられないぜ」

周五郎が聞いたものとは幾分違う話を伝えてくれた。三郎次が照降町に姿を見せないのなら、佳乃はそれでよかった。

幸次郎の漕ぐ猪牙舟は箱崎町の埋め立て地の間を抜けて中洲と武家地を見ながら遡上していく。黙り込んだ佳乃を元気づけようとして幸次郎があれこれと照降町界隈の幼なじみの近況を話してくれた。

「みんないろいろ頑張っているんだ。わたしもしっかりしなきゃあ」

「親父さんがあんな風だしな、しばらくはよしっぺが照降町の鼻緒屋の女親方だぜ」

「わたしにそんな力はないわ」

「よしっぺ、なくたってやるんだよ。そうするとなんとなく様になってくるもんだ。宮田屋もよしっぺが親父さんの代わりを務めるのを許してくれたんだろ」

「よく承知ね」

「船頭なんて仕事はな、客の話を聞くのが商売だ」

と応じた幸次郎に、

「幸ちゃんは独り者なの」

「半人前の船頭に嫁なんぞくるものか。それともよしっぺが嫁になってくれるか」

「男はこりごりなの。わたし、鼻緒屋の女職人ひと筋に頑張ってみる」

八頭司周五郎はふたりの幼なじみの問答を笑みの顔で聞いていた。

「お侍さんよ、おれがよしっぺにあっさりと振られたのがおかしいか」

「いや、そなたたちの正直な問答が羨ましくてな、聞いておった」

「侍奉公ではこうはいかないか」

「いかぬな」

幸次郎の猪牙舟は大川の本流に出ると、新大橋を潜り、両国橋へと近づいていた。背丈があって体付きがしっかりとした幸次郎は、半人前の船頭と自称したが緩やかな櫓さばきでぐいぐいと流れを遡っていき、両国橋を越えて神田川へと入っていった。

「お侍さんよ、鼻緒屋は何年になったね」

不意に幸次郎が話柄を周五郎に転じた。

「二年目に入ったな、半人前どころか未だ下駄の鼻緒の挿げ替えくらいしかできぬ」

「お侍さんがよ、鼻緒の挿げ替えをこつこつと足掛け三年も続けるなんて大変なこったぜ。照降町ではよ、おめえさんが弥兵衛父つぁんのもとで下働きを始めたときよ、三日持つかね、いや、五日は我慢できようなんて噂があれこれと飛びかったんだぜ。それを一年半も辛抱したんだ、大したもんだよ」

と幸次郎が褒《ほ》めた。

「幸次郎どのに褒められた」

と周五郎がにこにこと笑い、佳乃を見た。

「おまえさんの姓は八頭司っていうんだってな」

「あら、幸ちゃん、よく知っているわね」

「船頭は若い娘じゃねえが耳年増よ。おまえさんのことを聞き回っているお武家さんがいるんだよ。おれも聞かれたが知らないと答えておいた」

「いつのことでござろうか」

「師走の押し詰まったころのことだ。齢のころはおまえさんとおっつかっつ、ふたり組だったな。むろん相手は名なんぞ教えてくれねえや、ひとりはしゃくれた顎でさ、もうひとりは小太りだ。思い当たることあるかえ」

「ないではない」

佳乃はよくない話のような気がして、

(いま周五郎さんに辞められたら困る)

と思った。

猪牙舟は無言で神田川を遡っていき、昌平橋が見えてきた。

「余計なこと言っちまったかね、お侍さんよ」

「いや、教えてもらって助かった」

周五郎が平静な表情で幸次郎に応じた。

「よしっぺ、神田明神に初詣での間、昌平橋際に猪牙を止めておこうか」

と幸次郎が昌平橋の船着き場に猪牙舟を寄せた。するとそこに年寄り夫婦が疲れ切った顔で待ち受けていて、

「船頭さん、こちらのお客人が使わぬのなら、私どもを日本橋まで送ってはくれませんかね。人

混みを歩いたらばあさんが足を引きずるようになってしまってな、舟に乗せてくれれば助かるがな」

　と願った。

「室町の人形屋のご隠居とおかみさんだな」

　と言いながら幸次郎が佳乃を見た。

「わたしたち、歩いて帰れるわ。商い第一よ。幸ちゃんの分、神田明神にも湯島天神にもお参りしておくわ」

「よし、頼もう」

　と応じた幸次郎が佳乃と周五郎を降ろし、老夫婦を乗せて舳先《へさき》を巡らし神田川を下っていった。

「幸次郎どのはさっぱりした気性であるな。佳乃どのはよい幼なじみを持っておられる」

　船着き場から河岸道に上がりながら周五郎が言った。

「照降町の界隈は魚河岸もあるし、だれもがあんな一本気の男たちよ」

　と佳乃は答えながら、三郎次は数少ないくずったれだったな、と思った。もはや佳乃には遠い存在で、なんの感情も湧かなかった。

「周五郎さんは面倒に巻き込まれているみたいね」

「致仕致したゆえ、もはやそれがしになんの関わりもないはずじゃがな」

　と周五郎が険しい表情を見せた。

「幸次郎さんが言っていたふたり組って敵なの味方なの」

「敵味方の二つにはそうたやすく分けられまい。その昔、同志であったことはたしかだ。だが、もはやそれがし、藩を離れておる」

「ところが相手はそうは思っていないんじゃないの」

うむ、と唸った八頭司周五郎が、

「鼻緒屋に迷惑がかかるようなれば即刻職を辞そう」

「最前、身内だっていわなかった。八頭司さんがわたしを助けてくれたようにこんどはわたしたちが手助けする番よ。簡単に辞めるなんていわないで、わたし、八頭司周五郎さんに恩義があるのよ」

「大したことをしたわけではないがな」

と呟いた周五郎がどことなくほっと安堵した気配を見せた。だが、事情を話す気はないようで、神田川の東の河岸道をふたりは初詣での人混みに囲まれて歩いていった。


昌平坂の聖堂の北にある神田明神社は、江戸総鎮守として正月には大勢の初詣で客を集めた。元和二年（一六一六）にこの湯島の地に移されて以来、二年に一度、九月十五日の祭礼は練物や山車《だし》を引き回して賑やかに催される。

佳乃と周五郎は去年の御札を納め、新たに購《あがな》って社殿にお参りした。

周五郎は軽く拝礼しただけだ。だが、佳乃は江戸を留守にした三年分と父親の弥兵衛の病平癒でも祈っているのか、長いこと拝礼していた。

「ああ、待たせちゃった」

とふと気付いたように振り向いた佳乃が周五郎に言った。

「親方どのの喘息平癒を祈っておられたか」

「まあ、そんなところね」

と認めた佳乃は、

「去年は別にして八頭司周五郎さんは、武家奉公のころ、神田明神やこれから参る湯島天神にお参りしたことがあるの」

「部屋住みのそれがしは国許の豊前《ぶぜん》小倉《こくら》で過ごしたこともござるが、わが家は江戸藩邸に定府でな、ために正月ではないが時折こちらに参拝したことがある。江戸の町民は神田大明神を江戸総鎮守として崇めておるな」

「商いの神様なんていう人もいるわ。細《ささ》やかな鼻緒屋に恩恵があったかどうか知らないけどお父つぁんが元気なころ、正月には神田明神、湯島天満宮、そして、山を下った不忍池《しのばずのいけ》の北側にある根津権現の三社参りをしていたわ。わたしが六つのころからの正月の慣わしよ」

「根津権現社か」

周五郎が困った顔をした。

「どうしたの」

「それがしにちと曰くがあってな」

「根津権現はダメなの」

佳乃が周五郎を見た。

「根津権現ではない。それがしが奉公していた大名家の抱屋敷が根津権現と接しておってな」

佳乃はしばし周五郎の当惑した顔を見て、

「いいわ、今年は神田明神と湯島天神の二社参りよ。湯島天神様にお参りしたら照降町に戻って御節振舞《おせちぶるまい》を食しましょ」

とさばさばと言うと、八頭司周五郎が安堵の表情を見せた。

四

ふたりは神田川沿いに徒歩で照降町へと戻ってきた。

その途次、御三家、譜代大名の御礼登城を終えて下城する合図の太鼓が西の丸の太鼓櫓から響いてきた。御初登城とも呼ばれる御礼登城は、元旦、二日、三日と分けて大名、直参旗本が城に上がり、将軍に御慶の謁見をなす習わしだった。

神田川を途中で離れ、武家地を抜けて龍閑川《りゅうかん》を牢屋敷のある待合橋で渡り、照降町の近くにふたりが戻ってきたのは昼前だった。

「周五郎さん、助かったわ」

「なんのことがあろうか。正月早々貴重な経験をした」

「あら、初詣でが貴重な経験というの」

佳乃が問い返した。

「江戸に屋敷を構える大名諸家は三が日は御礼登城をせねばならぬゆえ、初詣でなど行くことができぬでな。わが藩は元日の初登城であった。昨年、親方の代参で神田明神と湯島天神社に詣でたのが初めてであった。本年は佳乃さんの供での、それがしの神田明神初詣でかのう」

「わたしったら出戻りのお姫様ってわけ」

「まあ、そんなところじゃな」

と応じた八頭司周五郎と佳乃は、未だどこの店の表戸も閉じられた小船町と堀江町の間の道を照降町へと向かった。

「周五郎さんは武家奉公にほんとうに未練はないの」

「ござらぬ」

にべもない即答だった。

「とは言ってもお武家様だったお方がいつまでも鼻緒屋の日当奉公ではまともな暮らしも立たないわよ。それに周五郎さんの御両親やお身内はどうしておられるの」

「定府ゆえ江戸藩邸に暮らしておる。すでに長兄は見習い身分で藩邸に出仕しておるゆえそれがしは勝手気ままな身だ」

「でも、幸次郎さんの話だと周五郎さんをふたりのお武家様が探しているそうよ。周五郎さんがそう思っても先方様は、勝手気ままを許していないのではないかしら」

佳乃の問いに周五郎は、しばし沈黙して考え込んだ。

「もはや藩を離れて二年、それがしにとって武家奉公は遠い昔の話じゃな。市井で生きていくと心に決めたのだ」

「武家奉公に戻ることをほんとうに考えたことないの」

「佳乃どの、幾たびも申し上げたが、それがし、だれがなにを言おうと屋敷には戻れぬ身なのだ。八頭司家は実兄が継ぐのだ」

と堂々めぐりの話をしながら照降町の鼻緒屋に戻ってきた。潜り戸を入りながら佳乃が、

「ただ今」

と声をかけた。すると八重が手に菜箸を持ったまま仕事場に姿を見せた。薄暗い室内の正月飾りを行灯の灯りが照らしていた。

「意外と早かったね」

「幸ちゃんと荒布橋で会ったの。そしたら、わたしが照降町に戻った祝いだって、神田川の昌平橋まで猪牙に乗せてくれたのよ」

「幸ちゃんは、今や箱崎町の船宿の売れっ子船頭だよ。昔はワル坊主だったがね」

「そんな感じね、しっかりとした生き方をしていると思ったわ」

「お父つぁんも元気で稼いでいるし、あとは嫁かね」

「よしっぺが嫁にきてくれるかと言われたから、男はもうこりごりと答えて丁寧に断ったわ」

「えっ、幸ちゃん、おまえが好きだったのかね」

「おっ母さん、冗談に決まっているでしょ。わたしを元気づけようとしただけよ。幸ちゃんなら

ばさ、出戻り女なんかを相手にしなくても、いくらも可愛い娘がいるわよ」

「そうだね」

　と応じた八重が何か言いたげに周五郎を見ると、

「それがしは嫁を貰う甲斐性などござらぬ」

　とクソ真面目な顔で答えた。

「そんなことだれもが知っているわよ。鼻緒の挿げ替えでどうやって暮らすのよ、うちが払う給金なんかじゃ独り者が三度三度のごはんだって満足に食べられないよ。今のお侍さんには嫁なんて話は、夢のまた夢よ」

　佳乃が言い、

「いかにもさよう」

　と応じた周五郎だが、格別深刻な表情ではなかった。

「能天気がただ一つの取り柄かね」

　と首を傾げた八重が、

「ああ、そうだ。うちにさ、お武家さんがふたり訪ねてきたよ。おまえさんに会いたいってさ。どこで聞いたか知らないが、うちでお侍さんが働いているのを承知していたよ」

「おっ母さん、幸ちゃんもふたりの侍が八頭司さんを探しているって言っていたわ。元日早々にどういうことかしら」

　佳乃が周五郎を見た。

「さあて、それがしには見当もつかぬ」

「でも、その侍には思い当たるのよね」

「昔の朋輩でござる」

と曖昧に応えた周五郎は、

「おかみさん、なんぞ言い残しましたか」

「いや、なにも」

と言った八重が、後ろ帯から書状を出して、

「この文をおまえさんに渡して欲しいってさ」

「おっ母さん、それじゃなにも言い残してないわけじゃないじゃない。文まで用意して元日に訪ねてくるなんて、そのふたり、尋常じゃないわね」

と言った佳乃が八重から書状をとって周五郎に渡した。

ぶ厚い書状には宛名も差出人の名もなかった。

「周五郎さん、こちらで読みなさいな。わたしたちはあちらで待っているからね」

佳乃は言うと周五郎を見た。

書状を手にしながら今読むべきかどうか迷っている、そんな風情を周五郎は見せていた。

このところ一日の大半を寝て過ごす弥兵衛の部屋は夜具が片付けられ、火鉢に炭火が熾って薬缶からしゅんしゅんと湯気が立ち上っていた。

「お父つぁん、起きていて大丈夫なの」

「今日は気分がいい、松の内明けには働けそうだ」

「無理はしないことね」

と応じた佳乃は狭い台所の荒神棚に神田明神と湯島天神の御札を捧げて、ぽんぽんと手を叩いた。

荒神は三宝荒神のことで、竈の神様だ。佳乃の家では昔から台所にある荒神棚がただ一つの神棚だった。

「どうだったえ、神田明神は」

と弥兵衛が尋ねた。

「あそこにお参りするとなぜかほっとするわね」

佳乃の正直な気持ちだったが、

「そりゃ、おまえが照降町生まれだからだよ」

と八重が言い切った。

「おっ母さん、江戸は照降町だけではないのよ、神田明神は八百八町の総鎮守様なのよ」

「そりゃ、分っているよ」

と言いながら八重は、雑煮に入れる餅を焼いていた。

佳乃が見ると、正月だけ出される脚付き膳にそれぞれ焼小鯛が供され、鮃《ひらめ》の造り、煮物とせりのおひたしが並んでいた。

「ご馳走ね」

「正月くらいね」

と焼いた餅を羹《あつもの》に入れて正月の御節振舞が出来上がった。

膳を座敷に運んだ。

周五郎は未だ書状を読んでいる気配がしていた。

「佳乃、根津権現に回ったか」

弥兵衛の問いに佳乃は首を横に振った。

「八頭司周五郎さんの奉公していたお屋敷が根津権現の前だかにあるんですってね」

「そんなことをおまえに話したか」

「お父つぁん、八頭司様が武家奉公を辞めた曰くをどこまで承知しているの」

「なにも知らねえな。だが、八頭司さんは悪いことをしでかして藩邸から追い出されたわけじゃねえよ」

「でも、お父つぁんは根津権現の前のお屋敷を知っていたんでしょう」

「ああ、西国のさる譜代大名に奉公していたってことは当人から聞いたが、それ以上のことはなにも知らねえ」

弥兵衛が佳乃に重ねて応じた。

佳乃はなんとなくだが、その言い方に弥兵衛がおよその事情を承知のようにも思えた。

「お待たせ申しました」

周五郎が正月の膳が並んだ部屋に姿を見せた。その懐から書状の端が覗いていた。

「ささ、みんな、座って座って」

八重が屠蘇《とそ》酒を運んできた。

「大変な馳走にござるな」

周五郎が正月の膳を驚きの眼差しで見た。

「周五郎さん、お武家様の正月がどんなものか知らないけど、たくさんの御馳走がさ、二の膳三の膳と並んでいるんじゃないの」

周五郎が佳乃を見て微笑んだ。

「なにかおかしい」

「今から十四、五年前のことだ。わが藩では苛酷な年貢取り立てに百姓が田畑を捨てて逃散《ちょうさん》し、藩士の一部も隣藩の領地に脱けて、数日後に上役に説得されてようよう帰国した騒ぎがあった。譜代大名の家臣が外様大名の領地に難を逃れたのじゃぞ。大変な処罰が行なわれた。それもこれも藩政が乱れ、財政が窮乏したせいだ。正月とて重臣方の膳も実に粗末なものしか供されなかった、と聞いておる。藩士脱藩騒ぎはそれがしの幼いころの話じゃが、未だ藩政がよくなったとはいえぬ。それがし、江戸藩邸にて、かように心の籠った馳走など見たこともない」

周五郎のほうから旧藩の内情を珍しく告げた。

最前の書状が周五郎の口を緩めさせたのだろうと佳乃は思った。

父親の弥兵衛も周五郎の顔を凝視していた。

「佳乃、屠蘇をお父つぁんと周五郎さんに注いでおくれ」

膳の前に座した四人はまるで身内のように、

「新年おめでとうございます」

「本年もよろしく」

と言い合って屠蘇酒を飲み合った。

弥兵衛も盃に半分ほどゆっくりと飲み干した。

「ああー、照降町の正月だわ」

と思わず佳乃が幸せの想いを洩らし、

「やっぱり身内が揃うってのはいいもんだね」

と八重も応じた。

「それがしまで身内に加えて頂き、真に感謝に堪えぬ」

「その口調、どうにかならないものかしら、まるで武家屋敷にいるようだわ。八頭司周五郎様さ、その言葉使いがなくならないかぎり、昔の藩への未練は断ち切れないわよ」

「佳乃どの、藩になんの未練もござらぬ、それだけは信じて頂きたい」

「なにが侍言葉にこだわる理由《わけ》かしら」

佳乃の問いに周五郎は屠蘇酒の注がれた盃を手にしばし沈思していた。

「ご免、わたしったら周五郎さんを苛《いじ》めるように問い質しているわね」

「そのようなことはない」

「わたしたち、周五郎さんと縁が切れるのを恐れているのね、きっと」

佳乃の言葉に周五郎がにっこりと微笑んだ。

「それはない、ござらぬ。それがしがこだわっていることは剣かもしれぬ」

「剣って剣術《やっとう》っていうこと」

「さよう」

と答えた周五郎が残った屠蘇酒をゆっくりと飲み干し、膳に置いた。そして、

「羹を頂きます」

といい、雑煮の椀を取り上げた。

「西国にあって他国に睨みを利かす譜代大名にも拘《かか》わらず、武術がさほど盛んな藩ではなかった」

「どういうことなの」

「佳乃どの、西国には九国あってな、薩摩のような外様の強国を始め数多《あまた》の大名家がある。わが藩の小笠原《おがさわら》一族は譜代大名で、外様大名の目付をするのが役目なのだ。にもかかわらず最前申したように武術は決して強くはない。薩摩など異国から新式の大砲などを抜け荷してまで購い防備をしておるというのに、砲術とて昔ながらのものでな、どうにもこうにも話にならぬ」

「八頭司周五郎様はその弱い藩のお侍のひとりだったのね」

頷いた周五郎は雑煮を一口食し、

「美味い」

と洩らして、うんうんと佳乃に頷き返した。

「それがしの家系は番頭《ばんがしら》ゆえ次男のそれがしも、剣術を幼いころから父上より教えられた。それも代々わが家に秘伝として伝えられた剣術でな、他流を学ぶ藩士と立ち合ったことは十六歳までなかった。また藩より幕府が差配する長崎に一年ほど、長崎聞役《ながさききききやく》なる役職で出された折、初めて他流の者と稽古を致した」

「強いから勝ったのね」

「それがすべて敗け申した」

「どうしてなの、あれだけ強いじゃない、心張棒で三人のやくざを負かしたわ」

「あれはな、素人衆だからじゃ」

「剣術を習ったお侍には通じなかったの」

周五郎が首肯した。

「幼いころからの武芸修行は役立たずってわけね」

「そういうことだ」

と周五郎があっさりと認めた。

「なんだか今ひとつ分らないわね、どうしてかしら。役立たずの剣術ならばこだわることはないじゃない」

「そうじゃな、それがしもその辺が自分ながら得心できぬのだ」

正月料理を食しながら話は続いた。

佳乃は周五郎が酒もそれなりに飲むとみて、屠蘇酒から酒に替えた。盃を替えて新たに注ぐと周五郎はゆっくりと嚙みしめるように飲んだ。

「江戸勤番になって、藩道場より東国の剣術を教える町道場に入門致した」

「少しは強くなったの」

　ふたりの問答を弥兵衛も八重も黙って聞いていた。周五郎の話が鼻緒屋の働き手を失うことに結びつくのではとだれもが考えていたからだ。

「あまり強くなったとはいえぬな」

「じゃあ、修行したってつまらないじゃない」

「うむ、それがな、佳乃どの、他流の剣術を知ることはそれなりに面白くてな」

「でも、止めたでしょ、うちの仕事を手伝ってくれているものね、そんな余裕はないものね」

「いや、朝稽古に通っている」

　えっ、と佳乃が驚きの声を発したが弥兵衛の驚きのほうがずっと大きかった。

　弥兵衛も八重も知らないことを周五郎は告げようとしていた。

「弱い剣術をいつまで続ける気なの」

「そろそろ止めてもよいかと考えておる」

「で、なにか他のことをやるの」

「こちらで鼻緒の挿げ替えをやらしてもらおう」

「うちは助かるわよ。でも、八頭司周五郎さんに満足のいく仕事じゃないでしょうが」

「佳乃どの、そう決め付けんで下され」

と周五郎は黙々と八重が拵えた正月料理をどれも美味しそうに食し、ふと思い出したように口を開いた。

「本日、こちらに参ったのは昔仲間でな、痩せてしゃくれ顔のほうは藪之内中之丞《やぶのうちなかのじょう》、もうひとりは宇佐正右衛門《うさしょうえもん》であろう、武家奉公時代の朋輩じゃ」

「周五郎さんに頼るといってもお金はないし、剣術も弱いというし、なぜ会いにきたのだろう」

「それがしも書状を読んでみても、なんの用なのかさっぱり分り申さぬ」

と言った周五郎が姿勢を改めて、

「親方どの、おかみさん、佳乃どの、それがし、せいぜい務めるで、鼻緒の挿げ替えの仕事を続けさせて下され」

と願った。

佳乃は周五郎の顔から弥兵衛に視線を移した。

「佳乃、おまえが返答しねえ」

弥兵衛の言葉に佳乃は長いこと沈思し、

「わたし、八頭司周五郎様が言われたこと、半分も分っていないわ。でも、うちは見てのとおりの慎ましい鼻緒屋よ。仕事に手を抜かないでやってくれるのならばいつまでもいて。こちらからお願いするわ」

と頭を下げた。

なんとも妙な正月元日だった。

第三章　梅が散る

一

　正月半ば、年末から年始にかけて断続的に降った雪は消えていた。そして、春の温もりが本式に戻り、荒布橋の老梅も凜として満開に花を咲かせていた。

　照降町の鼻緒屋では、佳乃と周五郎がせっせと鼻緒の挿げや挿げ替えをやっていた。もはや佳乃は三年前の技を取り戻していた。

　宮田屋の大番頭の松蔵は、客が選んだ下り物の下駄や重ね草履を鼻緒と合わせて手代や小僧に持たせ、わざわざ佳乃に仕事を届けさせた。

　佳乃が手代の四之助《しのすけ》に、

「宮田屋さんにも鼻緒を挿げる職人さんがおられましょうに」

と問うと、

「佳乃さん、うちにもおりますよ。でもね、大番頭さんは佳乃さんに出来るだけ仕事をさせて前以上に腕を磨かせたいんだそうです。職人には伸び盛りの時節がある、佳乃さんはただ今がその伸び盛りだそうです」

と答えた。

佳乃は、職人に厳しい松蔵の期待に応えるには、ひたすら仕事に没頭するしかないと思った。

「佳乃どの、ちと願いごとがあるのじゃが」

八頭司周五郎が言い出したのは松の内明けの十五日の昼前だった。

「なにかしら」

佳乃は女ものの重ね草履の鼻緒を挿げながら周五郎を見た。

「本日、昼より仕事を休ませてはくれぬか」

「あら、最前からなにか悩んでいると思ったらそんなことだったの」

「佳乃どのが一心不乱に仕事をしておられるのを見ておると、いささか言い辛うてな」

周五郎の顔に迷いがあった。しばし間を置いた佳乃が、

「元日に文をよこしたお侍さんと会うの」

と問うた。

周五郎も佳乃の視線を受け止めて、

「そういうことでござる。昨日、こちらから戻る途中、藪之内の使いが橋の袂《たもと》で待ち受けていたのだ」

「あまりうれしい面会じゃなさそうね」

「それがしの気持ちはすでに決しておる。まして藩を抜けたそれがしになにも手伝うことなどな

い」

「周五郎さん、それでも昔のお仲間に会おうと決心された。きっとあのお侍さん方に頼りにされているのね」

「頼りにされたとしても、ただ今の八頭司周五郎は半人前の鼻緒職人でしかないのだぞ」

「そのお侍さんたちは、ただ今の八頭司周五郎さんは仮の暮らしと思っているのよ」

「ゆえに本日はきっぱりと断りに参るのだ」

「放っておくことはできないの」

「昔の仲間ゆえな、無下にも出来ぬ」

「なにをしようとしているの」

　佳乃の問いに周五郎がしばし黙り込んだ。

「いやなことは答える要はないのよ」

　首を横に振った周五郎が、

「藩政を立て直すというのだ」

「周五郎さんの旧藩はそれなりのお殿様なのよね」

「譜代大名十五万石だ」

「それって大変なお殿様よね」

　佳乃には譜代大名がなにか、十五万石がどれほどのものか、理解がつかなかった。

「佳乃どの、大名と呼ばれる三百諸侯には加賀金沢藩の前田家百二万石から一万石までいろいろな方がおられる。わが旧藩は十五万石、中位の大名であろう。だが、幕府開闢《かいびゃく》以前の関ケ原の戦いの折から徳川家に与《くみ》した大名家ゆえ、西国の目付役を仰せつかっておる。西国には薩摩鹿児島藩七十七万石を筆頭に国持ちの大大名が多い。中位のわが藩は財政が破綻しておるにも拘わらず気位だけは高い」

過日、話してくれたことを佳乃に繰り返し説明した。

「貧乏なのに気位が高いっていちばん厄介よ」

「そういうことだ、佳乃どの」

「いいわ、昼餉を食したら行ってらっしゃい」

「真《まこと》にすまぬ」

「お武家さんが鼻緒の挿げ替え職人に詫びることなどないわ」

「いや、それがしは佳乃どののもとでは半人前の鼻緒職人でしかない」

「ならば約束して。必ず照降町へ帰ってくるって」

「佳乃どの、明朝この席に座り、仕事をすることを誓う」

佳乃は、険しい表情で約定する周五郎に笑みの顔で応じた。

油揚げとねぎの入ったうどんに五目めしを茶碗で二杯食した八頭司周五郎は着流しの腰に大小を差して鼻緒屋を出ていった。

その姿を見送りながら八重が、

「周五郎さん、うちに戻ってくるかね」

と案じ顔をした。

「おっ母さん、心配することはないわ。周五郎さん、必ず明日にはうちで鼻緒を挿げ替えているわ」

と佳乃が言った。

「荒布橋の白梅が満開というのにお父つぁんの体はいま一つだからね。おまえだけに仕事をさせるわけにはいかないよ」

「お父つぁんはこれまで何十年と仕事をし続けてきたの。神様が少し休めと言っているのよ。急かしてはいけないわ。暖かくなったら足が萎《な》えないように照降町界隈をわたしたちといっしょに歩いてもらいましょ」

「そうだね、寝てばかりいたら、床につきっきりになるからね」

そういうこと、と応じた佳乃は独り仕事場に戻り、宮田屋からの注文の草履の鼻緒を挿げた。

すると飼い猫のうめとヨシの親子がいつもは周五郎が座して仕事をする席に丸まって佳乃の仕事を見ていた。

「おまえたちも周五郎さんがいないのは寂しいの」

佳乃が問うたが親子猫はただ黙って往来を見ている。

石町の時鐘が七ツ（午後四時）を告げた。

その鐘の音が消えぬうちに鼻緒屋の店先にふたつの人影が立った。

佳乃はその気配に顔を上げて見た。

周五郎の昔仲間という藪之内中之丞と宇佐正右衛門だろう。

「ご免」

と顎のしゃくれた藪之内中之丞が佳乃に声をかけ、

「八頭司様は本日休みかな」

と尋ねた。

えっ、と驚きの声を洩らした佳乃は、周五郎はこの侍たちと面会しているはずなのにと訝しく思った。

「どうした」

佳乃の表情に気付いた小太りの宇佐が糺《ただ》した。

「周五郎さんは、そなた様方と面談しているのではございませんか」

「なぜそう思うな」

藪之内の顔にも訝しげな表情が走った。

「昨日の帰り道に藪之内様の使いが周五郎さんを待ち受けていて、本日会いたいとそなた様の言付けを伝えたのではないですか」

「われらはさような使いを立てた覚えはないぞ」

険しい表情をした藪之内が宇佐と顔を見合わせ、

「先を越されたかもしれん」

と宇佐がもらし、

「どこへ行くと八頭司様はいうておったか」

と佳乃に質した。

「いえ、聞いておりません。ただ昔仲間のそなた様方に会うとだけ申されて昼餉のあと、出かけられました」

「下谷の中屋敷か、藪之内どの」

宇佐が同輩に問うた。

佳乃はこれまでの問答から旧藩では八頭司周五郎がこの者たちより上役であったことを悟った。

「いや、市ヶ谷の下屋敷ではなかろうか」

とふたりが素早く言葉を交わし、どうしたものか、という顔で幾たび目か見合ったあと、

「下屋敷に参ろうか」

「間に合うか」

と言い合うと、鼻緒屋から出ていこうとした。

「お待ちください。いま急いだところでどうにもなりますまい。市ヶ谷は照降町からそれなりに離れておりましょう。着いたとしても暗くなっておりますよ」

佳乃はふたりの狼狽ぶりを見て、反対に肝が据わった。

「そなた、なにか承知か」

「いえ、八頭司様は軽々しく町人風情に旧藩の話などなされません。本日、昼から休ませてほし

いと申されたとき、藪之内様方と面談するとだけ」

「言うたか」

「はい」

と応じた佳乃が、

「そなた様方が八頭司様を呼び出した事実はないのでございますね」

と念を押した。

「われら、こうしてこちらに邪魔をしておるではないか。呼び出すはずもない」

藪之内が動揺したまま答えた。

「元日にうちに文を届けられたのもそなた様方ではない」

「あれはわれらじゃ、となると」

「八頭司様はそなた様方を騙《かた》る使いに騙《だま》されたのですか」

「としか思えん」

と宇佐が応じた。

「八頭司様を呼び出した相手に覚えがございますので」

その問いにふたりが佳乃を睨んだ。

「そのほうが知ってどうなる」

「八頭司様が昔、どちらで武家奉公していたかなんて、承知しておりません。ですが、八頭司様は浪人さんとして、ただ今この鼻緒屋で働いておられます。うちの奉公人の身を心配するのは当然でございましょう」

　佳乃の言葉に黙り込んだ。

「そなた様方が八頭司様の身を案じられるようにわたしも心配しております」

　藪之内がちらりと宇佐を見て、

「下屋敷に呼び出した相手に推測はつく」

　それは、と応じた藪之内がしばらく沈思し、

「八頭司様を呼び出してなにをなさろうというのですか」

「八頭司様を自分たちの味方に取り込もうと企《くわだ》てのことであろう」

「ならばご案じなさることはありません」

　と佳乃が言った。

「なぜそう言えるか、女」

　宇佐が急き込んでそう糺した。

「わたし、佳乃という名がございます。そなた様方とは身分は違いますが、照降町の女子は理不尽な言い方には抗います」

「朋輩の言葉を許してくれ、悪かった」

　と藪之内が詫びた。

「佳乃とやら、どうして八頭司様が用人、いや、あちらの側に取り込まれぬと言い切れるか。われらと意が通じておるせいか」

「いえ、そうとも言い切れません」

「では、なぜ決め付けるのだ」

「決め付けたわけではございません。八頭司様はこのままうちで働くことを望んでおられるゆえにそう申しました」

「それではなんの証にもならぬな」

と宇佐が言い切った。

「おふたりにお尋ね致します。もし下屋敷にてどなたかと八頭司様が会い、八頭司様が相手の言い分を聞かず、帰ろうとなされた場合、どのようなことが起こりましょうか」

ふうっ
と藪之内が大きな息を吐き、

「八頭司様がわれらの側に与すると相手方が考えられた場合、黙って帰さぬかもしれぬ。あちらの内情をそれなりに聞き知っておられるからな」

と言い切った。

佳乃はしばし沈思したうえ、周五郎ならばどちら側から知り得た話でもだれにも喋るまいと思った。同時に周五郎はどんなことが起ころうとも切り抜ける冷静な知恵と力を持っていると信じた。だが、思案した考えは述べず、

「ならばご心配ございません」

とただ答えた。

「なぜそう言い切れるな」

「八頭司様はそなた様方にもあちら様方にも与するお考えはございません。必ずうちに戻るとわたしに約定なされました」

と最前答えたと同じ意を述べた。

「わが藩に帰参するより鼻緒屋の仕事を八頭司様は選ぶというのか」

「はい」

「八頭司様はわが藩の御番頭の」

と言いかけた宇佐を藪之内が手で制し、

「藩の内情を町人のそなたが知る要はあるまい」

「ございません。されどうちの奉公人の八頭司様のお身の上は知りとうございます」

「八頭司様が鼻緒屋の職人に本気でなると思うておるか」

「宇佐様、わたしが考えたことではございません。八頭司様が申されたことです」

「それは」

「そら事を言われたと申されますか」

「八頭司様の家はわが藩内では知られた家柄だぞ」

「けれど嫡男ではございますまい。兄上様が八頭司家をお継ぎになるのではございませぬか」

「お、おんな、いや、佳乃であったか、さようなことも承知か」

ふたりの顔に警戒の表情が走った。

「話してよきこと、悪しきことを八頭司様はとくとご存じです。わたしにそう申されたのはうちの仕事を続けたいとおっしゃったときのことです」

ふうっ
と息をふたりが吐いた。

「どういたそう、藪之内」

「待つしか策はあるまい」

「どこで待つ、この鼻緒屋でか」

「お武家様に店に居られては迷惑です、商いに差支えます」

「ならば八頭司様の住まいで待とう」

「どちらかな」

と佳乃を見た。

「八頭司様がうちで日当仕事を始めるときの唯一の条件が住まいを知られたくないというものでございました」

この日、佳乃はふたりにいくつ虚言を弄したろうかと思った。漠としてだが、教えるべきではないと思ったのだ。

「そのほう、この店の主か」

「主はお父つぁんでございます。けれど病を患い、床に臥せっております」

「八頭司様を雇ったのはその親父じゃな」

頷いた佳乃は、

「お父つぁんは病の上にわたしが出戻ってきたせいで、いよいよ言葉を発することは出来ません」

「なに、親父の病は重篤か、仮病ではあるまいな」

「嘘と思うならば照降町のどこのお店でもようございます。聞いてごらんなさいまし」

佳乃の返答にしばし沈黙した藪之内が、

「そなた、真に知らぬのか」

「存じません」

佳乃は藪之内の念押しにさらに虚言を重ね、最後に言い添えた。

「藪之内様、宇佐様、八頭司様のことでこの界隈で騒ぎ立てるのはどうかと思います。この界隈の男衆は、お侍様方が騒ぎ立てることなど屁とも思っていませんからね。騒ぎが大きくなると、お屋敷に火の粉が降りかかることになりますよ」

佳乃の言葉を吟味していた藪之内が、

「待つしか手はないか」

「それしか策はございませんね」

と佳乃が言い切った。

「明日、また来る」

と言い残したふたりが姿を消した。様子をうかがっていた八重が姿を現し、

「佳乃、あんなこと言って大丈夫かね」

「あんなことってなによ、嘘も方便っていうでしょ。それより周五郎さんが無事に帰ってくることのほうが大事よ」

佳乃は母親に正直な気持ちを吐露した。

二

翌朝、八頭司周五郎はいつもの刻限に鼻緒屋に立った。

（ああ、よかった）

と思いながら周五郎の顔色を見て、異変があったことを佳乃は察した。眠っていないのか疲労困憊《こんぱい》の表情だった。そして、自分で巻いたか、白布が右手の袖の内からちらりと覗いていた。

「周五郎さん、どうしたの」

「ああ、これか、大したことではない」

と袖をひっぱり隠した。

「怪我をしたの、見せて」

「佳乃どの、一応治療はした。大事ない」

「だめ、わたしに見せて」

強引に作業場の上がり框に座らせた周五郎の右袖をまくり、手拭いを引き裂いて傷口を巻いた布を解こうとした。すると血が滲みでてきた。

傷口はそれなりに深いと佳乃は思った。新たな手拭いで重ねて巻くと、

「周五郎さん、わたしといっしょに来て」

と土間に下りた。

「どこへ参る」

「いいから」

と言った佳乃は、

「おっ母さん、お侍さんとちょっと出てくるね」

と声をかけた。

母親や父親に説明するのはあとでよい、と佳乃は強引に周五郎を引き立てて、小船町一丁目の中之橋際で診療所を開く大塚南峰のもとへと連れていった。

南峰は弥兵衛の喘息の医者でもあった。長崎で蘭方医から医学を学んだという壮年の医師の南峰はシマ界隈で、

「なんでも屋の医者」

として知られていた。つまり魚河岸の兄い連の喧嘩騒ぎの怪我から弥兵衛の喘息まで手広く診た。

佳乃は駆け落ちする前、鼻緒の挿げ替え道具の刃物で手を切った。その折、母親の八重が南峰のところに連れていき、治療を受けていた。玄関先で、

「南峰先生、お願いします」

と声をかけると南峰自身が出てきて、

「おや、照降町の小町娘、戻っておったか」

と応じたが、酒の臭いが漂った。八重によれば、

「南峰先生は酒好きだからね、飲み過ぎたときは治療をしてもらわないほうがいいよ」

ということだが、昼前というのに南峰の体には昨夜の酒の臭いが残っていた。そのうえ、佳乃が知る南峰よりだいぶ太っていた。

「どうした、親父様の発作が起こったか、わしが処方した薬をちゃんと飲んでおるか」

「南峰先生、お父つぁんじゃないの」

南峰が佳乃の後ろに立った周五郎の右腕を見た。

「どうした、切り傷か」

「そんなところね」

「お医師どの、大した傷ではござらぬ」

「まあ、こちらに上がれ。一応診てみようか」

と周五郎に応じ診察室に戻っていく南峰は、医師の威厳を取り戻していた。

木製の床几《しょうぎ》に周五郎を座らせた南峰が、佳乃が重ねた手拭いと周五郎自らが巻いたらしい手拭いを解くと、右手首と肘の間に傷が現れ、どろりとした血が流れてきた。

「刀傷じゃな」

「油断をし申した。まさかいきなり斬り付けてくるとは思わなかった」

周五郎が南峰にとも佳乃にともつかぬ口調で言い訳した。

南峰が傷口を洗うと肘下から五寸ばかり斬られた傷が見えた。消毒をしたあと、

「さほど深くはないが縫っておこうか。麻酔薬を切らしているで、ちと痛いぞ」

と南峰が言い、

「佳乃さんや、このお方の体が動かぬよう肩を押さえておれ」

と命ずると針と糸を用意して、

「よいな、六、七針ばかりだ。大したことはない」

と周五郎に言った。

「お願い申す」

周五郎が覚悟を決めたように言った。

佳乃は周五郎の傍らから右肩を両手で押さえた。

「それでは力が入らぬ。そなたの上体で右肩を抱え込むようにぐっと押さえつけておれ」

佳乃は南峰医師に言われたように上体で周五郎の右肩を抱き込むようにして押さえた。周五郎の肌の温もりが佳乃に伝わってきた。周五郎が肩を動かして佳乃を遠ざけようとした。

「動くでない、傷が開くぞ。それとも焼酎を痛み止めがわりに飲むか」

と南峰が聞くと周五郎は、

「結構でござる」

と答え、佳乃の息遣いを感じながら、治療を始めるように眼で南峰に訴えた。

「よし」

針を持った南峰の手が素早く動き、最初に針を刺したとき、周五郎が小さく、うっ、という声を洩らしたがその後は無言で耐えた。

南峰医師は七針ほど縫って傷口が開くのを抑えた。

「夏ではないで化膿はしまいが塗り薬を塗っておく」

南峰の治療が終わった。

「さすがに侍じゃな、佳乃さんの手伝いは要らなかったか。まあ、鼻緒屋で挿げ替えをする浪人が、照降町の小町娘に体を預けられるなど滅多にあるまい。痛みの代償としては悪くなかろう」

「小町娘だなんて、南峰先生はわたしが出戻りと知っているんでしょ」

「ああ、玄冶店の親分がそなたの店から大番屋に引っ立てる前に三郎次と仲間を治療に連れてきたからな、そなたが照降町に戻ってきたと親分が聞かせてくれた」

「三郎次なんて治療する甲斐もないわ」

「あやつらを叩きのめしたのはこの侍ではあるまいな」

「それがそうなの」

「本日はこちらがやられたか。過日の者たちと関わりがあっての傷か」

「南峰先生、違うと思うわ」

「そうじゃな、こちらは武術を心得た者が斬った傷跡じゃからな」

と言った南峰が、

「四、五日、薬を替えに通ってくるのだ。仕事はしばらくダメだぞ」

と周五郎に命じ、三角巾で右腕を固定した。

「先生、お金はあとで払いにくるわね」

と佳乃が言った。

「親父様の薬代といっしょでよいぞ。いや、待てよ。治療代代わりに雪駄か下駄でもよい、わしの履物はだいぶ履き込んだからな、往診に行くのもいささか恥ずかしい。もはや差歯も利かんでな」

と南峰が言った。

「分ったわ、あとで届けに参ります」

と応じた佳乃が南峰の足の大きさを確かめると、周五郎を伴い堀江町の河岸道に出た。しばし、気持ちを鎮める刻が要ると佳乃は思い、遠回りした。

「世話をかけたな、佳乃どの」

「相手はどうなったの」

「ふたりは肩の骨が折れておろう、ひとりは軽い打撲のはずだ。命に差し障りはない」

「ひとりじゃないのね、斬りかかってきたのは」

しばし口を閉ざしていた周五郎が、

「三人であった」

「当然知り合いよね」

周五郎が佳乃を見て、ふたたび間を置いた。

「昨日、藪之内様と宇佐様が見えたの。今日も昼過ぎには来ると思うわ」

「そうか、あのふたりが来たか」

「藪之内様方の仲間が周五郎さんを襲ったの」

「いや、違う」

と答えた周五郎が、

「この格好では仕事も出来ぬ。済まぬが二、三日、仕事を休ませてもらおう。これから長屋に帰らせてもらう」

「あのふたりが長屋を訪ねたらどうするの」

「藪之内と宇佐はそれがしの長屋を知るまい」

「いいえ、うちが教えなくともこの界隈で聞き回り、杉森新道の長屋を探しあてるかもしれないわよ」

「厄介じゃな」

と周五郎が考えに落ちた。

「あのふたりにも会いたくないのね」

「もはやどちらの誘いにもそれがしは乗りたくない、藩を出たそれがしには迷惑じゃ。どちらに加わろうと八頭司家にとってもよきことではないのでな」

周五郎の言葉は正直な気持ちだと思った。それでも佳乃の想像もつかない意が隠されているとも思った。

「これからもうちで働いてくれるのよね」

佳乃は念を押した。

「そう願えるか」

「ならば、うちの二階の部屋を使ってこの数日休んでいなさいよ。その手では三度三度のごはんにも困るでしょ」

「佳乃どののところに迷惑がかかろう」

「身内ならば迷惑がかかろうがどうしようが助け合うのが当然よ。あのふたりだって、周五郎さんがまさかうちの二階にいるなんて思わないでしょ」

と佳乃が言い放ち、

「さあ、こちらへ入って」

と周五郎が知らぬ迷路のような路地へと案内し、時によそ様の台所のような土間道も抜けた。

「かような路地があったとは知らなかった」

周五郎は怪我の痛みを忘れて驚いた。

「三方を流れに囲まれたシマはこれで奥が深いのよ。物心ついたときからこの路地で遊んだ土地っ子じゃないと分らないわ」

いつの間にか鼻緒屋の裏口に辿りついていた。台所にいた八重が、

「おや、裏口からどうしたえ、佳乃」

と聞き、後ろに従う周五郎を見た。

「南峰先生の診療所で斬り傷の治療をしてもらったの」

「どういうことだえ」

八重が驚きの声を上げた。

「おっ母さん、事情はあとで説明するわ。昨日、うちを訪ねてきたお侍にも会いたくないんですって。周五郎さんは仕事が出来ないのならば長屋に戻るというのだけど、あのふたりは長屋に訪ねていきそうよ。うちの二階に休ませてくれない」

佳乃の言葉を聞いた八重は、三角巾で吊った周五郎の腕を見て、がくがくと頷いた。

「あのふたり、周五郎さんがうちにいるなんてまさか思い付かないでしょ」

と佳乃が言い、

「おかみさん、それがしは長屋に戻ったほうがこちらに迷惑がかかるまい」

と周五郎が繰り返し遠慮した。

しばし黙り込んでいた八重が、

「たしかにうちの二階にお侍さんがいるなんてだれも考えないわねね。しばらくわたしらの部屋で怪我が治るのを待つのがいい、それがいい」

と得心したように頷いた。

「親方どのに断らなくてもよいか」

周五郎は抗ったが女ふたりには敵わなかった。

台所の板の間から二階へ上がる狭い階段を八重と佳乃の親子が周五郎を挟み込むようにして招じ上げた。

周五郎は二階に上がるのは初めてのようで、どこを見てよいか迷っていた。

「こっちがわたしの部屋、あっちが本来ならお父つぁんとおっ母さんの部屋、今は使ってないのは分っているわね、お侍さん」

佳乃の呼びかけが周五郎さんからまたお侍さんへと変わっていた。

鼻緒屋の二階は、六畳と三畳間に狭い納戸部屋があり、弥兵衛と八重の夫婦が六畳を使い、三畳間が娘の佳乃の部屋だった。だが、病の弥兵衛と八重は、一階の六畳間で寝《やす》んでいた。

八重が二つの部屋の間にある納戸から夜具を引き出して、佳乃とふたりで手早く寝床を造った。

「おかみさん、佳乃どの、それがし、病人ではない」

「昨夜、寝ていないのでしょ。少し横になって休んだほうがいいわ。起きたときに朝餉と昼餉を兼ねた膳を持ってくるわ」

「それがしの怪我は大したことはないのだがな」

どうしてよいか分らぬという体の周五郎が洩らした。

「縫ったところが痛くないの」

「それは痛い」

「病人も怪我人もいっしょよ、体を休めるのがいちばんの薬」

佳乃は手を差し出し、

「刀を腰から抜いて」

と命じた。

周五郎は未だ迷ったように部屋の入口で佇んでいた。だが、佳乃の言葉に覚悟を決めたか、大刀を左手で抜くと佳乃に渡した。

佳乃は枕元に刀を丁寧に置いた。

その瞬間、佳乃には刀から血の臭いが漂ってきたように思えた。

「あとで古浴衣を探してくるわ。いまはそのままで横になりなさい」

八重と佳乃の女ふたりに見られながら、周五郎が寝床に横たわり、佳乃がどてらを掛けた。六畳間はこのところ使われていなかったせいか、冷気が宿っていた。

「火鉢も持ってきてあげるわ」

「佳乃どの、それがし、病人ではない。しばらく横になって眠れれば大丈夫でござる」

周五郎は親子に抗うのを諦めたように両目を閉じた。その様子を確かめたふたりは階段を下りた。

「どうした」

弥兵衛の声が問うた。

「お父つぁん、八頭司周五郎さんに二階の六畳間で休んでもらったの。昨日、出かけた先で三人に斬りかかられたんですって。南峰先生のところに行って右腕を縫ってもらったの」

弥兵衛が、

「怪我は酷いのか」

と尋ねた。

「七針ほど縫ったけど、南峰先生は数日休んでいれば治るといったわ、それでも斬られた体を動かすようなことをしてはならぬと注意を受けたの。うちに来た周五郎さんの仲間のふたりに長屋に押しかけられるより、うちの二階で静かにしているほうが面倒はないと思ったのよ」

佳乃の説明で弥兵衛は事情を察した気配があった。やはり八頭司周五郎が豊前小倉藩小笠原家を抜けた曰くをお父つぁんは承知かと、佳乃は思った。

「なんてこったい。二階に周五郎さん、階下にお父つぁん、男ふたりが寝込んじゃったわ」

八重が呟いた。

「照降町の女なら面倒見るのが当たり前よね」

「ああ」

と八重が答え、

「おまえが出戻ってきて面倒が始まったよ」

と言い足したが、世話をするのが嬉しそうでもあった。

「あとで南峰先生のところで薬を貰ってくるわ。治療代は履物でいいって」

「なに、南峰先生、治療代を履物で請求かえ」

「だって先生の下駄はもはや差歯が利かないくらいひどいものよ」

「呆れたね。南峰先生ったら、おかみさんに逃げられてから一時《いっとき》はひどく酒浸りだったからね、履物に回す銭がなかったんだろうよ」

と八重が言った。

南峰の嫁は御典医の娘であった。だが、南峰のあまりの貧乏に呆れたか、実家に逃げ帰った。それは佳乃が駆け落ちする半年ほど前のことだった。

「今日の様子だと内儀さん、戻ってきた風はないわね」

「なんでも嫁さんの実家から三行半《みくだりはん》を突き付けられて別れさせられたらしいよ」

「おっ母さん、離縁状は亭主のほうから出すもんじゃない」

「だから嫁さんの親父の御典医が出したんじゃないか」

八重の説明はめちゃくちゃだった。だが、真情をついていると思った。

「南峰先生の夫婦の間には男の子と女の子がいたわよね」

「ああ、正一郎さんは十一、お幸ちゃんは五つになったはずだよ。実家の大先生が引取って育てるんですって」

「南峰先生、昔から欲がなかったものね。治療代は履物でいいという医師は、この界隈でも南峰先生くらいよ」

話を聞いていた弥兵衛も、

「下駄と雪駄を届けな。銭よりいいだろう、銭は酒代に化けそうだからな」

と言い、咳込んだが佳乃が白湯を渡すとそれを飲んで治まった。

三

八頭司周五郎が怪我の治療を受けた翌日だった。

この日も佳乃は独り作業場に座して南峰先生の雪駄と下駄の鼻緒を挿げた。両方ともに鼻緒はしっかりとしたものを選んだ。なにしろ体を動かさず酒ばかり飲んでいる大塚南峰は、二十貫を優に超えた巨体だ。その作業が終わったあと、宮田屋から頼まれていた女ものの草履の鼻緒をいくつか手掛けた。

そうこうしていると石町の時鐘が九ツ（正午）を告げた。

「お父つぁんと周五郎さんにはうどんでいいかね」

と八重が佳乃に尋ねにきた。

「いいんじゃない。そうだ、周五郎さんには鶏卵を割っていれてよ。血がだいぶ流れていたそうだから滋養をつけないとね」

「お父つぁんと違って、怪我だからなにを食しても大丈夫だろ」

「あら、お父つぁんは食していけないものがあるの」

「昔、元気なころ、味噌汁だろうがなんだろうが七味をたっぷり振りかけたよね、それと酸っぱいものなど、喉を刺すようなのは発作を起こすのさ。お父つぁんは淡泊な味だと食った気がしないと文句をいうけどね、発作が出るよりいいだろうよ」

と言った八重が奥へと姿を消した。

佳乃は鼻緒を挿げた女物の重ね草履を宮田屋に届けてこようと作業場の席を立つと前掛けを外し、豪奢な造りの品を布に丁寧に包んだ。

「おっ母さん、わたし、宮田屋と南峰先生のところを訪ねてくるわ」

と声をかけて籠に三足の履物を入れて土間に下りた。すると二つの人影が店の前に立った。

藪之内と宇佐のふたりだ。

「本日、八頭司様は休みか」

「あら、お侍さん、また来たの」

「用があるゆえ何度でも参る」

藪之内の顔をしばらく見ていた佳乃は、

「わたし、案じているのよ。あの日のお昼から仕事を休ませてくれと出かけたままなの」

「なに、八頭司様が戻っておらぬか」

「おっ母さんに聞いてもあのお侍さん、仕事を黙って休むお方ではないというし、心配しているの。何事か出来《しゅったい》したのかしら」

宇佐が、

「女、八頭司様の住まいをほんとうに知らぬのか」

「佳乃という名があります。先日も住まいがどこかだなんて知らないと申し上げましたよね」

「では、長屋の差配が本日は休むと言ってきてもいないか」

藪之内の問いに佳乃は頭を横に振り、

「お侍さん、なにがあったの」

と反対に質した。

「うむ、あの日以来、出かけたまま戻ってこぬのは解せぬ」

と藪之内が洩らし、

「おい、相手方に取り込まれたということはあるまいな」

と宇佐が案じ顔で仲間に質した。

「八頭司様にかぎり、われらを裏切ることはない」

「となるとどういうことだ」

「下屋敷に使いを立てるか」

「いや、この足で様子を窺いに行ってみるか」

と言い合い、立ち去ろうという様子を見せた。

「藪之内様、宇佐様と仰いましたよね。なにか分ったらうちにも教えてくれませんか。お父つぁんが病で臥せっているとき、お侍さんの手は欠かせないのよ。うちでも女ひとりで鼻緒屋の商いをやるのは難しいもの」

宇佐が舌打ちした。

「おや、わたしがなにか悪いことを言ったかしら」

「女、八頭司様はこのような店で町人が履き古した下駄の鼻緒などをいつまでも挿げ替えていなさるお方ではない。頼りに致すな」

「あら、仰いましたわね。浪人さんが町人の履き古した下駄の鼻緒替えを手掛けてはいけないのでございますか。ご体面にかかわるというのならば、うちに二度と来ないで下さいな。次に来たら塩を撒きますよ」

「佳乃、というたか。朋輩が言い過ぎた、許せ。八頭司様のことが分ったら、必ず教えに参る」

藪之内が頭を下げた。

「お尋ねしたいことがあります」

「なんだ、申してみよ」

と藪之内が応じた。

「八頭司様は真にうちのような鼻緒屋で働くご身分ではございませんので」

佳乃の念押しに藪之内が沈思して、口を開いた。

「譜代大名家の重臣の家系じゃ」

「跡取りはすでにおられて周五郎さまは部屋住みと聞きました」

「たしかに部屋住みじゃが、八頭司様は幼少のみぎりより剣術も頭脳も秀でておられて、その才は殿小笠原忠固《ただかた》様もとくと承知、ゆえに部屋住みでありながら、長崎聞役として出仕しておられた。また、江戸藩邸では御小姓組として奉公しておられた。それがしがそのほうに伝えられるのはこの程度だ」

佳乃には部屋住みの身で長崎聞役とか御小姓組として仕えることがどういうことか理解がつか

なかった。それよりも鼻緒屋からいなくなることを案じた。

「有り難うございました。うちはほんとうにあのお方を頼りにしているんです。なんぞあれば教えて下さい」

と願った。が、ふたりから返答は戻ってこなかった。

「お侍さん方直々でなくても、小者の方で結構ですからね」

「ああ、分った」

藪之内が答え、そそくさと照降町から荒布橋のほうへ歩き去った。

佳乃は、このやり取りを二階の八頭司周五郎が聞いているだろうな、と思った。

しばし間を置いて鼻緒を挿げた重ね草履だけを持って宮田屋に向かった。南峰先生の診療所を訪ねるのはあとにしたほうがよさそうだと思ったのだ。

宮田屋に行くと大番頭に、

「佳乃さん、あなたが挿げた女物の履物は評判がいいんだよ。あたりが柔らかいといってね」

といきなり褒められた。大番頭松蔵の機嫌がえらくよいのが、却って気味が悪い、と佳乃は思った。

「大番頭さん、なんぞわたしの仕事への注文はございませんか」

「細かいことをいえばありますな。ですが、それは職人が気付くのを待つしかない。そのためには佳乃さんは一足でも多くの履物を手掛けなされ」

「なんでもやらせて下さい」

「ちょいとこちらに上がって下され」

と松蔵が店の板の間に佳乃を招じ上げた。

広い店先の一角に真っさらな布がかけられていた。宮田屋では京からの下りものの草履や鼻緒が入荷したとき、店先の風にしばらく当てる習わしがあるのを佳乃は思い出していた。

松蔵は掛けられた布を剝《は》いだ。するといかにも下りものらしい女ものの草履が三十足と鼻緒が同じ数あった。まるで春先の花畠を見ているような、艶やかな色香が漂っていた。

「佳乃さん、草履はな、どれ一つとして同じ形や材質のものはありません。鼻緒もまた天鵞絨、更紗《さらさ》、紬《つむぎ》、革、印伝あれこれございます。どうです、あなたなら、どの草履にどの鼻緒を挿げますな」

「大番頭さん、草履の鼻緒はお客さんが選ばれるのではないですか」

「ふつうならそうです。さりながら職人に任されるお客様もおられます」

松蔵に言われて佳乃は「花畠」の前に座し、見とれた。

佳乃はしばらくして京で造られた草履に縞模様の鼻緒を選んだ。なかなか渋好みの組み合わせだった。それを皮切りに紬、無地、花柄、印伝、革、金襴の鼻緒を次々に草履に組み合わせていった。三十組の草履と鼻緒の組み合わせが出来上がった。

佳乃はしばし眺めまわしたあと、印伝と革の鼻緒を替えた。

「これでどうでございましょう、大番頭さん」

松蔵は佳乃の組み合わせを見て、改めて考え込んだ。

「私には思いつかぬ組み合わせがありますな」

「いけませんか」

「このように値の張る下りものの草履と鼻緒を選ばれるお客様の好みは十人十色です。どれがよろしいとか悪いとかいえません。お客様がお決めになることです」

「はい」

「佳乃さん、店に戻り、もう一度ゆっくりと考えてから鼻緒を挿げなされ」

　と松蔵が言った。

　佳乃は黙って松蔵を見た。

　父親の弥兵衛ですらこれだけの上物をこれだけの数一度に頼まれたことはあるまいと思った。

「やってみますか」

　松蔵が佳乃に覚悟があるかなしかを尋ねた。

「お願いがございます」

「なんですな」

「わたしがこの三十足の草履に鼻緒を挿げ、こちらのお店に届けます。お客様がこれを選ばれた折、わたしをお店に呼んでくれませんか。お客様の足に合わせて挿げ直しとうございます」

「よいでしょう」

　と応じた松蔵が、

「受けてくれますな」と念をおした。

「お願い申します」

と頭を下げた佳乃は、

「大番頭さん、この三十足の草履を売る折、『花緒《はなお》』と引き札をつけて店に並べていただくことはできましょうか」

「どういうことですかな。下りものの鼻緒《はなお》ですからな、お客さんはみな承知してお買い求めになります」

「そこでございます。京下りの『鼻緒』と引き札に認《したた》めたとしても、内儀様方には武骨な名のように思えませんか。鼻緒の鼻の字を花に変えて『花緒』と認めてはいかがでございましょう」

「ほう、『花緒』な、同じ呼び名でも京からの下りものという雅で華やかな感じがしますな、おもしろい趣向です」

と松蔵が佳乃の考えを容認し、

「佳乃さん、手代に運ばせます。宜しゅうな」

と言って、手代の四之助に命じた。

丁寧に包まれた草履と鼻緒を四之助が竹籠に入れて宮田屋から鼻緒屋に運んでいくのに佳乃は従った。

「佳乃さん、大仕事ですね」

佳乃が照降町から駆け落ちする一年ほど前に手代になった四之助が言った。大番頭と佳乃の問答を、宮田屋の奉公人の中でも優秀な四之助はすべて聞いていた。

「大番頭さんはわたしのことを試しておられるのかしら」

佳乃が四之助に質すと、

「佳乃さん、試しにしては数も多く、品が揃ってございます。佳乃さんの腕を見込んでのことですよ」

と言い切った。

「ご存じと思いますが、わたし、この三年、鼻緒を挿げるような暮らしをしておりませんでした。偶さか戻ってみたら、お父つぁんが病で倒れておりました。致し方なくわたしがお父つぁんの代わりを務めることになったのです、成り行きですが必死です」

「佳乃さん、大番頭さんは『鼻緒屋の娘は弥兵衛さんの跡継ぎ、立派な女職人になるよ』といつもいうておられました。それが」

と言いかけて四之助は口を噤《つぐ》んだ。

「駆け落ちしたと聞いた大番頭さんはなんと申されました」

「よりによってあの男などと駆け落ちした。照降町に女職人が誕生しそこねたな、とがっかりしておられました」

と正直に佳乃の問いに答えた。

「そんな女にかような大仕事を大番頭さんは任して下さった」

「三年も鼻緒に手を触れていなかった佳乃さんの挿げた日和下駄の鼻緒を見たときの、大番頭さんの顔を佳乃さんは覚えていますか」

「黙っておいでした」

「あのような顔は、大番頭さんが驚きを隠しておいでのときなんですよ。私にもどうしてか分りませんが、佳乃さんの鼻緒の挿げ方が三年前より華やいでみえたのです、不思議でした」

「お父つぁんの仕事を見たとき、病が容易《たやす》いものではないと思いました。わたしがしっかりとしなければうちは潰れると思いました。そんな思いでお父つぁんのやりかけた鼻緒を無心で挿げたのです」

「佳乃さんの一念が鼻緒に籠ったのかな」

四之助が言ったとき、店の前についていた。

「ありがとうございました、四之助さん」

と礼を述べて四之助が抱えてきた品を板の間に置いてもらった。

「おや、本日はお侍さんの姿が見えませんね」

「用事があるそうで何日か休んでおられます」

「いよいよ、照降町の鼻緒屋は佳乃さん頼みだ、頑張って下さい」

と言い残した四之助が店に戻っていった。

「おや、帰ってきたのかえ」

八重が店に姿を見せて竹籠を見た。

「宮田屋からまた日和下駄の鼻緒を頼まれたのかえ」

佳乃は紙に包まれた一足の草履を出して見せた。

「おや、立派な草履だね、お父つぁんは当分無理と断ったろうね」

「大番頭さんはうちの様子をようご承知です」

八重は佳乃の返答に黙り込んで考えた。

「まさか、おまえにこんな立派な草履の鼻緒を挿げよと注文されたわけじゃないよね」

「おっ母さん、どれも値の張る下りものの草履と鼻緒が三十組、好きな組み合わせで挿げなされと松蔵さんに頼まれたの」

八重が佳乃を驚きの顔で見た。しばらく黙り込んでいたが、

「冗談ではなさそうだね」

と呟いた。

「お父つぁんですら、そんな数の草履を頼まれたことはないよ。何年も放蕩していたおまえにできるかね」

「出来るもなにもやるしかないわ」

と応じた佳乃は眼差しを店の天井に向けた。

「どうしているの、お侍さん」

「一晩寝たらだいぶいいようだよ」

「あとで南峰先生に雪駄と下駄をもっていくとき、周五郎さんを薬を替えにつれていくわ」

佳乃は宮田屋の品を弥兵衛の寝ている部屋に運んだ。草履も鼻緒も一分から高いもので一両の値のするものだ。店に置きっぱなしにはできなかった。

佳乃は黙って、八重に見せた草履と鼻緒を弥兵衛にも見せた。弥兵衛はしばらく無言で佳乃の手の草履と鼻緒を見ていたが、

「松蔵さんが三十組もの草履に鼻緒を挿げろってか」

と問うた。

「そうなの」

またしばらく沈黙した弥兵衛が、

「頼まれた仕事はやり切るのが職人だ。あれこれと言い訳や御託は要らねえ」

「お父つぁんは佳乃を職人と認めてくれるの。三年も草履にも鼻緒にも触ってないのよ」

「それが言い訳だ。そんな言葉を吐くくらいなら、そのまま宮田屋に返してこい」

こんどは佳乃が黙り込んだ。

そのとき、ぎしぎしと音がして階段を八頭司周五郎が下りてきた。

「親方、口を挟《はさ》んでようござるか」

周五郎の願いに弥兵衛が頷いた。

「履き古した下駄の鼻緒替えがせいぜいの半人前のそれがしだが、ほんものの職人かどうか見極めはつけられると己惚れておる。佳乃どのは三年仕事場を空けようとどうしようと立派な女職人だ。それがし、初めてそなたの手の運びを見たとき、感じ入った」

周五郎の言葉に親子は瞑目して間を置いた。

「ありがとう、八頭司様」

「礼など要らぬ。そなたはそれがしの姉弟子だからな。むろん親方は弥兵衛どのだ」

と周五郎が笑った。

「お父つぁん、わたし、宮田屋から頼まれた仕事、やってみるわ」

弥兵衛が頷くと、なんとも嬉し気にも寂し気にも見える表情を佳乃に向けた。

「この草履と鼻緒の番をしていてね、わたし、周五郎さんを大塚南峰先生のところに連れていくから」

「えっ、それがし、独りで行けますぞ」

「照降町の路地裏を抜けるのはそう容易くはないのよ。わたし、先生の下駄と雪駄を持ってくるわ。裏口から出るから、周五郎さん、仕度していてね」

と佳乃は周五郎に命じた。

四

昨日に続いて南峰のところに治療に行った。周五郎の傷は縫った間からすでに肉が盛り上がり、回復の兆しを見せていた。

「おお、これならば三、四日のちに抜糸できようぞ」

「糸が抜けるということは傷が治ったということ、先生」

と佳乃が質した。

「まあ、そうじゃ。若いということはよいことじゃな、おぬし、いくつかな」

南峰が周五郎に聞いた。

「二十五歳にござる」

周五郎の年齢を佳乃は初めて知った。なんとなく二、三歳は年上かと考えていた。

「二十五な、わしは肥前長崎におって蘭方を学んでおった。江戸へ戻り、あれこれとやりたき夢があった」

「あら、南峰先生の夢ってなんだったの」

ふっ、と南峰が大きな息を一つ吐き、

「夢というても御典医になること、嫁女を貰って子をなすことくらいかのう。御典医の娘を嫁にしたから、夢は半ば叶えたか。子どもにもふたり恵まれたにも拘らず酒で身を滅ぼし、すべてを失ってしもうた」

と自嘲した。

「先生、でも新しい生き方を見つけたじゃないの。シマ界隈で大塚南峰先生が診療所を設けておられることは、どれほどわたしたちにとって心強いことか。うちのお父つぁんの病の治療やお侍さんの怪我の手当てでは生き甲斐にならないの」

「そうではないぞ。御典医など医師にとってなんでもない、舅どのの生き方を見ておってよう分った。わしはこの界隈で生きていくことで十分満足しておる。ただな、酒が止められんでな、わしの酔っ払いぶりは評判になっておろう」

「有名よね。でも、お酒で大きな失敗をしたの」

「今のところそれはなかろうと思う。それにしても酒がのうては生きていけんのは医師として患者に対して自慢にもなるまい」

それまで黙って南峰と佳乃の問答を聞いていた周五郎が、

「先生、朝はいつ時分に起きますか」

と尋ねた。

「うむ、診療が五ツ半（午前九時）から始まるゆえ五ツに起きればよいのだがな、七ツ半（午前五時）には目覚めておるな」

「なにをなされますな」

「つい茶碗に一、二杯酒を飲むな、ようは暇つぶしじゃ」

「なにか他になすことがあれば酒には手を出されませんか」

「そうよな、やることがあればな。されどなにもないでな」

「南峰先生、お齢はおいくつですか」

「三十三、いや、早三十四歳か」

「まだお若うございますな。明朝、七ツ半時分にお誘いに参ります。それがしにお付き合い願えませんか」

「なに、迎えにくるじゃと。朝っぱらから釣なんぞは寒くて敵わんな」

南峰が周五郎の申し出を釣のためとみたか、敬遠した。

「いえ、釣ではございません」

「では、なんじゃ」

「先生がお出《い》でになれば分ります、どうですか」

「佳乃さん、この者、わしになにをさせようというのか」

南峰が佳乃に質した。

「わたしは存じません」

と答えた佳乃が、

「周五郎さん、なにをするのか知りませんが、怪我は未だ治ってないいんじゃない」

「いや、最前の先生の言葉を聞いたら、もう治ったも同然だ、まあ無理は決して致さぬ。それにだ、なにがあっても大塚南峰先生が一緒じゃぞ、これくらい安心なことはあるまい」

と周五郎が答え、

「なにか知らんが誘いにくるならばこよ」

と南峰が困惑の顔で答えた。


その帰り道、佳乃と周五郎はシマの一角にある煮売り酒場に立ち寄った。堀を挟んで魚市場があるのだ。この界隈の食い物屋では江戸の内海や相模灘でとれた新鮮な魚を安く食することができた。怪我の快復のめどが立ったので佳乃が誘ったのだ。

「八頭司周五郎さん、南峰先生をどこへお誘いしようとしているの」

と佳乃が問うたとき、膳が二つ運ばれてきた。

菜は、この界隈で江戸煮と呼ばれる、蛸を一寸ほどに切り、酒と煎じ茶で柔らかく煮てから溜まりで味をつけたものだった。それとぶりのあらと野菜に酒の粕を加えた味噌風味の粕汁だった。

「おお、美味そうじゃな」

と箸をとった周五郎に佳乃は、

「最前の問いに答えてないわよ」

「それは内緒じゃ」

周五郎が答えたが佳乃はなんとなく推量がついた。

「いい、周五郎さんはまだ傷が癒えてないことを忘れないでよ」

「はい、姉弟子のご忠言しかと肝に銘じます」

と周五郎は答え、佳乃に質した。

「南峰先生、未だお内儀やお子と別れねばならなかった苦しみから立ち直ったとはいえぬな」

「お内儀様がお子を連れて実家に戻られて三、四年は過ぎているわよ」

「南峰先生は生真面目なお人柄じゃ。なんでも手を抜くことなく尽くされよう。仕事が多忙で、内儀やお子と過ごす時が少なかったのかもしれぬな。ただ今は、独り暮らしを酒で紛らせておられる」

「それを二十五歳の八頭司周五郎さんがどうしようというの」

「朝のひと時、いっしょに過ごすだけじゃ。相手は長崎に学ばれた蘭方医、それがしよりなんでもご存じであろう。だから、気分を少しでも変えることができたらと思っただけでな」

「ふーん、なんだか知らないけど、男同士の秘密なの」

「まあ、そんなところだ」

と応じた周五郎が、

「これは美味いぞ」

と粕汁をすすった。


この日の夕暮れ、佳乃は宮田屋から預かった三十足の台と鼻緒の組み合わせを決めた。

「よし」

と呟く佳乃に、

「姉弟子、それがし、新しい日和下駄の鼻緒挿げをしてよいのだな」

と周五郎が改めて念を押した。

「古い下駄も新しい下駄も鼻緒を挿げることはいっしょよ。やってご覧なさい、出来に自信がなければわたしに見せて」

照降町の鼻緒屋ではふたりの男女が新たな挑戦を始めた。

佳乃は丁寧の上にも丁寧に作業を進めた。

周五郎のほうは古下駄や古草履の鼻緒挿げの経験を生かして新しい下駄に新しい鼻緒を挿げていった。

「これでどうかな」

と男物の新しい杉材で出来た台に木綿の縞緒を挿げて佳乃に差し出した。

「一年半にしてはなかなかの出来ね、でも右と左の緒の長さが少し違うわ。左に合わせて右緒を直してみて」

「相分った」

周五郎が右緒を解いて直し始めた。

どれほどの刻限が過ぎたか。

店先に人影が立った。

藪之内中之丞と宇佐正右衛門だった。

「おお、八頭司様、おられたか。また訪れてみてよかった。斬られたとの噂が藩邸内に流れておりましたが、あれは虚言でしたか」

藪之内が声を張り上げて質した。

「いや、怪我は負った。だが、大した傷ではない」

「加賀島三郎兵衛と菊地半助は、腕と肩の骨を骨折していると聞いた。さすがに神伝八頭司流、お見事な反撃にございましたな」

しばし間を置いた周五郎が、

「そなたら、何用で参ったか」

と質した。

「今晩集いがございます。そのお誘いでございます」

周五郎は鼻緒を挿げていた下駄を膝に置き、しばし無言でふたりを眺めていたが、

「もはやそれがし、そなたらとも、重臣派とも関わりを持つことはない。見てのとおりの鼻緒屋の見習職人にすぎぬ」

「ご冗談を申されますな」

「冗談などいうておらぬ。この照降町に足を踏み入れるのは今日をかぎりにしてもらいたい」

周五郎の言い方は険しく、佳乃は無言で眺めているしかなかった。

「八頭司様、仲間から抜けると申されますか」

宇佐が佳乃を気にしながら質した。

「その問いにこれまで幾たび答えたな。去《い》んでくれぬか、仕事に差し支えるでな、ご両者」

藪之内と宇佐が顔を見合わせた。

「となれば八頭司様、そなた様はわれらからも重臣派からも敵視され、危難が降りかかりますぞ」

「脅しか、正右衛門、去ね。二度と顔を見せるでない」

と周五郎が言い切り、ふたりが顔に信じられぬといった表情を浮かべた。そして、藪之内が、

「八頭司様はわれらの秘密の話し合いを知っておられる」

「それがしがさようなことを話すと思うてか」

「かように町屋で女職人と過ごしておられればありえよう」

「もはやそなたらは他人じゃ」

ふうっ、と息を吐いた藪之内が、

「事の次第ではわれらと斬り合いになるやもしれませんぞ」

「中之丞、好きにせよ」

ふたりが荒々しい足音を残し、鼻緒屋から立ち去った。

「仕事の邪魔をしたかな。いや、邪魔を致した、相すまぬ」

と周五郎が佳乃に詫びた。

「そんなことどうでもいいけど、旧藩とのつながりをお切りになって悔いはないの」

「ござらぬ。よい機会であった」

「でも、お侍さんが鼻緒職人になるのは並大抵のことではないわよ。もっともうちは周五郎さんがいるのは大助かりよ。居たいだけ居て手伝ってくれるのはいいい。でもね、なにかしたいことが出来たときは、そうわたしたちに言ってね」

「差し当たってただ今はなにも考えたくない。鼻緒挿げの仕事を続けたいのだ」

「それでいいのね」

「こちらからお願い申す」

周五郎は佳乃の言葉にこう応じた。

この宵、夕餉を終えた周五郎は照降町から杉森新道の長屋へと戻っていった。店の潜り戸へ見送りに出た佳乃に、

「しっかりと戸締りをなされよ」

「それより周五郎さんのほうこそ、注意するのよ。藪之内様方が待ち受けているかもしれないわよ」

「あの者たちにはそのような度胸も技量もござらぬ」

「怪我をしていることを忘れないで」

「重々承知しておる」

と表に出た周五郎が、黒塗りの刀を着流しの背中に斜めに差した。


翌朝、湯屋に行った風の周五郎が四ツ（午前十時）前に鼻緒屋に姿を見せた。

「抜糸前というのに風呂に入っていいの」

と佳乃が質すと、

「傷のある手は湯に浸けてはおらぬ。なにより医者といっしょじゃぞ。これ以上の安心はあるまい」

と答えて周五郎が作業場に座ろうとした。

「朝餉は未だでしょう。台所に周五郎さんの膳があるわ、食してきて」

「このところ朝昼夕べと三度三度馳走になっておる」

「迷惑なの」

「いや、そうではない。有難いが、さほどの働きはしておらぬゆえ恐縮でな」

と周五郎が言い訳したがその傍からぐっと腹が鳴る音がした。

「これはそれがしの癖でな」

「癖もなにもないわ。さあ、早く台所に行って。三人も四人もいっしょよ、遠慮せずに食べてらっしゃい」

佳乃は、周五郎を台所の狭い板の間に向かわせた。

「周五郎さんかえ、いまおみおつけを温め直すよ」

という八重の声に周五郎がなにか答えたが、佳乃には聞き取れなかった。

佳乃が鼻緒屋の前を掃除していると、左隣りの旅人が履く草鞋《わらじ》や旅の道具諸々を扱う道中御用の看板をかけた井筒屋《いづつ》の番頭兼造《けんぞう》が、

「佳乃さん、お父つぁんの加減はどうだい」

「よかったり悪かったりね。天気次第ともいえないし、大塚南峰先生は気長に静養せよといっておられるわ」

「小船町の酔っぱらい先生か。あの先生の診立てで大丈夫かね」

「なにか悪い評判があるの」

「そりゃ、酒だね。朝っぱらから酒の臭いをさせていちゃ、なじみも足が遠のくぜ。弥兵衛さんも別の医者を探したらどうだね」

「といって、この界隈に南峰先生ほど気さくな医者がいる」

「まあ、いないな。ということは照降町の住人は病にかかっちゃいけないんだよ」

「好きで病にかかる人はいないわ、兼造さん」

「まあな」

掃除を終えた佳乃が店の表戸を開けた。するとちょうど周五郎が作業場に現われたところだった。

「馳走になった」

「そんなことはいいのよ。身内だからね」

と応じた佳乃は前掛けの紐をきりりと締めた。

「南峰先生、剣術の稽古、どうだった」

「うむ、意外と筋がよいかもしれん」

と思わず答えた周五郎が一瞬黙り込んで、

「佳乃どの、どうしてそれがしが南峰先生を剣道場に連れていったと思うたのだ。それがし、さようなことを申したか」

「いわなくても想像がつくわよ。周五郎さんが朝から南峰先生と湯屋に行ったのなら、その前に立ち寄る先は、剣道場しかないでしょ。どこの剣道場なの」

「小伝馬町の牢屋敷近くの鉄炮《てっぽう》町に町道場の一刀流道場がござってな、道場主の武村實篤《たけむらさねあつ》先生のところでそれがし毎朝一刻半ほど汗を流しておる」

「そこへ大塚南峰先生を案内したの。先生は蘭方医よ、侍ではないわよ」

「それは承知だ。ゆえに南峰先生にはそれがしがお相手致し、好きなだけ竹刀を振り回してもらった。最初は『剣術《やっとう》の稽古などできるか』と嫌がっておられたが、面具をつけたそれがしの頭を叩いておられるうちに、なんでも長崎に留学する前に、剣術の稽古をしたことを思い出されて、終りごろにはよい面打ちが飛んでくるようになった」

「呆れた。お医者に剣術の稽古をさせてなんの役に立つの」

「佳乃どの、南峰先生が酒を飲みたいと思う暇をなくすことが眼目じゃ、それに夕べの酒も稽古の汗ですっきりと流れたでな、帰りに湯屋に立ち寄り、湯船に浸かった折は、『いや、久しぶりに気分が壮快』と申しておられたぞ」

「治療に差支えないかしら」

「なんともいえぬが、しばらく続けてもらうと南峰先生の体も絞れてこようと思う」

「続けてくれるといいわね」

「差し当たって明朝の約定は致した」

「周五郎さんの怪我には差し障りないの」

「医師が相手じゃぞ、左手一本で相手したゆえどうということもない」

佳乃は大塚南峰が剣術の朝稽古を続けるかどうか、半信半疑ながら周五郎の気持ちに感じいった。

ふと佳乃が照降町の往来を見ると春のそよ風に乗って梅の花びらが舞い散っていた。

(ああ、荒布橋の白梅が散っている)

と思いながら佳乃は、わたしはやっぱり照降町の女だと思った。

第四章　吉原初登城

一

蘭方医大塚南峰の鉄炮町の一刀流武村道場での朝稽古は、佳乃の予想を超えて続いていた。

南峰が剣術稽古を始めてから四日目には八頭司周五郎の抜糸も済み、右腕もかつてのように動かせるようになった。にも拘わらず南峰は周五郎の誘いを断らず、朝稽古に付き合っているらしい。

「周五郎さんの教え方がいいの。あの南峰先生がすすんで剣道場で棒っきれを振り回す姿が浮かばないわ」

「佳乃どの、それがしが考えた以上に先生は頑張っておられる。近ごろでは朝迎えに行っても酒の臭いはしないでな」

周五郎が信じられまいという顔で言った。

「どういうこと、酒を止めたということなの」

「夕餉は近くの煮売り酒場で摂っておられるが、酒は二合までに抑えておられるそうな。それ以上飲むと朝起きるのがつらいそうだ」

「驚いたわね。南峰先生の酒好きはこの界隈で有名なのよ。奥方が未だ幼かった子どもふたりを連れて実家に戻られて以来、限度を超えて絶えず飲んでこられたのよ。それは寂しさを紛らすためだったのかしら」

佳乃が首を捻った。

「南峰先生は酒が好きで飲んでいたわけではないのだ。佳乃どのが申されるように寂しさを紛らわすために飲んでいた酒だ。道場で竹刀を手に体を動かし、体内に残った酒精を汗にして流すことでな、少しずつ元気を取り戻しておられるような気がいたす」

「今日、お父つぁんの薬をもらいにいくわ。そのとき、八頭司周五郎先生の荒療治の成果を確かめてみる、いまのところわたしには周五郎先生の言葉が信じられないけど」

と佳乃が言った。


この日、三十足の下り草履の鼻緒挿げが終わった。

佳乃は、幾たびも草履と鼻緒の組み合わせを確かめ、挿げ方が女の人に受け入れられるかどうか両目を閉じて手で確かめながらすべてを挿げ終えたのだ。試し試しやった分、日数はふつうの何倍も要していた。

佳乃が悩んでいる様子を見ていた周五郎が、

「師匠、半人前のそれがしが申すのもなんだが、見事なものだ。考えに考えられた成果が出ておる」

と感嘆の言葉を述べた。

「ありがとう」

と応じた佳乃は、周五郎の言葉を聞いて、父親の弥兵衛に見てもらうことにした。

佳乃は作業場に並べた下り草履の三十足を見せるために、周五郎といっしょに弥兵衛を両脇から支えて久しぶりに寝床から作業場に連れてきた。足が萎えてひとりでは歩けないほどに弱っていたからだ。

春の陽射しが照降町に降る昼間、作業場になんとか立った弥兵衛は、まず往来を見た。そして、

「佳乃、なにをおれにさせようというのだ」

と問うた。

周五郎に弥兵衛の体を支えているよう頼んで、佳乃は三十足の草履の上にかけていた紺色の布をゆっくりと剝いだ。このところ佳乃が宮田屋から預かった女ものの下り草履の鼻緒を挿げていたことすら忘れていたのか、弥兵衛は、立ったまま三十足の草履をぼんやりと見ていたが、

「うっ」

と声を洩らした。

弥兵衛は、そのあとも無言で鼻緒屋の板の間に咲いた草履の「花畠」を凝視していたが、その場にゆっくりと腰を下ろした。

その動きを周五郎が支えてくれた。

弥兵衛は、草履と鼻緒の組み合わせを確かめると鼻緒の挿げ方をしげしげと見て、一足一足手にとって確かめた。

「これをおまえが挿げたのか」

「お父つぁん、だめなのね。挿げ方に注文があれば、いくらでも手直しするわ」

弥兵衛は佳乃の問いには答えず、別の一足を手に取り、草履の台と鼻緒の前つぼを手で触っていた。さらに下り物の竹皮で編んだ三枚重ねの草履や縁取《へりとり》草履の鼻緒を眺めた。

縁取草履とは、草履の台の縁を革や天鵞絨で張った値のはる履物だ。弥兵衛もなかなか仕事をさせてもらえなかった草履だった。

「ふっ」

と息を吐いた弥兵衛が、

「宮田屋の松蔵さんに確かめてもらえ」

と言い残すと作業場を寂しげな眼差しで見廻し、柱や壁にすがりながらゆっくりと独り奥へ姿を消した。周五郎が、

「それがしが宮田屋の大番頭どのを呼んでまいろうか」

と佳乃に尋ねた。だが、

「お父つぁん、なにも言わなかったわ」

佳乃の顔には落胆の色が浮かんでいた。

「佳乃どの、師匠の言動を勘違いするではないぞ。弥兵衛どのは満足しておられる。あとは宮田

屋の大番頭どのの判断次第だ」

周五郎が佳乃に言い聞かせた。

「分ったわ。松蔵さんがうちに見えられるかどうかお聞きしてくれませんか」

「相分った」

と前掛けを外して周五郎が表に出ていった。

佳乃は弥兵衛が手にとった草履を元の場所に戻し、布をかけた。そして、周五郎が挿げていた日和下駄の鼻緒を確かめた。

周五郎は作業が済むと一足ずつ佳乃に検めてもらっていたから、およその出来は承知していた。

やはり弥兵衛仕込みの丁寧な仕事だった。

「出来ましたかな」

と松蔵の声がして鼻緒屋の敷居を跨いだ。

「大番頭さん、いささか日にちがかかりましてもうしわけございません。どれも下り物の上物ばかりゆえ時をかけて挿げました。まずはお検めのほど、お願い申します」

と述べた佳乃が布を剝いだ。

その瞬間、

「おおー」

と松蔵が声を洩らし、その場に立ち竦んで三十足の草履を眺め下ろした。

「草履がなす花畠ですな、春に履きたくなるような色合いです」

と言った松蔵が一足を取り上げ、鼻緒の挿げ方を眼を近づけて点検した。

佳乃は古足袋を真新しい足袋に履き替えた。それを見ていた松蔵が黙って佳乃に手にしていた縁取草履を差し出した。

「履かせてもらいます」

と断った佳乃が板の間の上で縁取草履を履いてみせた。

佳乃の足袋を履いた足にぴたりと吸い付くように挿げられた鼻緒を見た松蔵が、指先で鼻緒と佳乃の甲を触って緩みを確かめた。佳乃の甲は高くもなく低くもなく、およそ若い女の標準といえた。

「お客様の御足の具合で調整いたします」

うむ、と応じた松蔵が、

「私の目に狂いはなかった」

と言い添えた。

「どういうことでございましょう」

「佳乃さん、あなたにはな、草履を見る眼が備わってます。お客人の草履の履き具合だけでなく、季節に合った色合いまで考えて鼻緒を挿げる才が備わっている。これればかりはな、何十年修業した職人でもできないもんです。このまま頂戴し、直ぐにも店に飾らせてもらいます」

と言い切った松蔵が、

「手代に取りにこさせます」

と言った。

「大番頭さん、有難うございます。こちらの日和下駄も見てもらえませんか」

「ほう、浪人さんが為した鼻緒の挿げですな」

佳乃の差し出す日和下駄を手にした松蔵が、

「ふっふっふふ」

と笑った。

「大番頭どの、それがしのはだめでござろうか」

「いいえ、こちらの下駄は普段ばきでございますよ。このしっかりとした挿げならば十分通用します。こちらも手代に持ち帰らせます」

「恐縮至極にござる」

松蔵がふたりを見て、

「妙な鼻緒屋に代替わりしそうですな」

「大番頭さん、お父つぁんは暖かくなれば仕事ができるようになります。その折は、わたしもお侍さんも奉公人に戻ります」

うん、と言いかけた松蔵が口を噤み、迷った末に、

「佳乃さん、もはやあなたの代です」

と小声で言い残して出ていった。

佳乃は松蔵を見送り、草履を一足ずつ、丁寧に紙に包みながら、

「どういうことかしら」

と自問した。

「大番頭どのの言葉かな、さほど深い意はあるまい。それよりいささか尋ねたい儀がござる」

と周五郎が話柄を変えた。

「なにかしら」

「佳乃どのはこの照降町を三年ほど留守にしていた間、真に鼻緒の挿げ替えをしていなかったのであろうか。宮田屋の大番頭どのが申されたが、そなたに色合いに対する才があるのはそれがしも認める、驚嘆しておる。だがな、剣術の稽古を三日休めば、それを取り戻すのに十倍の一月はかかる。そなたが師匠の席に座り、久しぶりに道具を握った折、戸惑いはあったようだが直ぐに昔の勘と技量を取り戻された。それがし、そなたが全く鼻緒の挿げ替えをしていなかったとは思えないのだ」

佳乃は周五郎の問いにしばらく無言でいた。

「いや、すまぬ。それがし、見習いの分際で礼を失したようだ、許してくれぬか」

「わたしたち、身内ではなかったの。なにを尋ねてもよい間柄よね」

「非礼を許してくれるか」

「周五郎さんが見抜いたとおり、わたし、三郎次が賭場に出入りして遊び呆けていた日々、神奈川宿にあった一軒の履物屋で内職仕事をしていたの。照降町のように鼻緒だけで商いをするような店ではないわ。職人や川漁師が履く藁《わら》草履をつくらせてもらい、一足仕上げて五文ほどの手間賃を頂戴するような仕事よ」

　佳乃の告白に周五郎が驚きの顔を見せ、なにか言い掛けた。それを佳乃は制して、話を続けた。

「一月もしたころかな、お店の主人がわたしに道具の使い方をどこで覚えたと尋ねたのよ。わたしは正直に江戸の実家が鼻緒屋で、六、七歳のころから作業場を遊び場にしてきて、十歳の折には一人前の仕事をしていたと話したの」

「相手は驚かれたであろうな」

「わたしの言葉を信じていないのか、その場で下駄の鼻緒を挿げさせられたの。次の日から店の仕事場を任されたわ」

「三郎次はようも気付かなかったな」

「朝の四ツから始めて昼の八ツ半（午後三時）には仕事を上がっていたもの。それに三郎次はもはやわたしのことなど関心がなかったの、ただ博奕《ばくち》の金が欲しかっただけよ。わたしが内職で得たお金も右から左に三郎次の懐に消えたし。わたしが三年も神奈川宿で我慢できたのはそのお店の仕事があったからよ」

「そなたの腕が落ちていない、いや、上達した曰くが分った」

　と得心したような顔を周五郎が見せた。

「お願いがあるの。このこと、周五郎さんの胸だけに仕舞っておいてくれませんか。この照降町で、佳乃は在所で鼻緒挿げの賃仕事をしていたなんて噂が流れるのは、決していいことじゃないもの」

「相分った」

「神奈川宿の履物屋に三郎次が姿を見せるようになって、主からわたしの日当を貰っていくようになったとき、主が、『いつまでもダニに搾《しぼ》り取られる暮らしは止めなされ。神奈川宿から江戸までの路銀が貯まったらそなたにそっと渡しますからな、その場から江戸の実家に戻って親父様に詫びなされ』とわたしを逃がしてくれたの」

「そうか、そういう経緯であったか」

「わたしが案じたのは、三郎次のことより鼻緒挿げの腕が落ちていないか、そのことだったわ、だって大した仕事はしていなかったもの。お父つぁんに詫びて、一から出直そうと思ったら、なんとお父つぁんは病で寝込んでいた」

「済まぬことであった。半人前にもならぬ見習職人しかいない鼻緒屋に戻られて、さぞやがっかりしたであろう」

「これもさだめよ。やるしかないもの」

「そうじゃ、父親にして師匠の弥兵衛どのも宮田屋の大番頭どのも、佳乃どの、そなたの技量を認められたのだ。神奈川宿の三年はな、そなたの修業の歳月と思えばよいではないか。事実、そうだ」

　と周五郎が言い切った。

　しばし沈思した佳乃が、

「駆け落ちではなくて修業奉公だったというの」

「そうじゃ、それゆえただ今の佳乃どのの仕事がある」

「ありがとう」

感謝の言葉を口にしたとき、宮田屋の手代小三郎《こさぶろう》が竹籠に大荷物を入れて姿を見せた。

「あら、なに、その荷は」

「佳乃さん、次の仕事ですよ」

「えっ、もう次の仕事がきたの」

「大番頭さんは佳乃さんの鼻緒挿げをべた褒めです。仕事は途切れずにきますよ」

小三郎が狭い店の上がり框に下駄や鼻緒が入った竹籠を下ろした。

一足二分もする品であった。麻裏草履が上物でせいぜい四、五百文だから、松蔵は佳乃の技量を高く評価したということになる。

「大変だわ」

と呟いた佳乃が慌てて一足ずつ紙で包み始めた、膝の前に並んだ草履を小三郎が見て、

「ほんとうだ、大番頭さんのいうことが分ったぞ」

と洩らした。

「どういうこと、小三郎さん」

「大番頭さんが言ったんだ。佳乃さんの挿げた草履の鼻緒は、『花緒』の名のとおり華やかできれいな仕事っぷりだって」

「でも、同じ台に同じ鼻緒を挿げれば、どなたがやろうといっしょじゃない」

「違いますよ。男の職人の仕事はしっかりしていてもどことなく武骨なんですよ。その点、佳乃さんの挿げた鼻緒の草履は艶っぽいですよ。これね、吉原の女郎さんが競って買いますよ」

と小三郎が言った。

律儀な気性の小三郎、ために出世は遅いようで未だ手代だった。宮田屋の奉公人は大番頭以下、全員が男だ。むろん鼻緒の挿げ替えは小僧に入ったときから叩き込まれる。

「小三郎さんの言葉は話半分に聞いておくわ」

「佳乃さんにいうのも釈迦に説法ですけどね、春先は履物が売れる季節なんです。大番頭さんも、佳乃さんの名付けた花緒草履はきっと評判を呼ぶと言われていました。この仕事もできるだけ早く仕上げてほしいそうです」

小三郎は竹籠から新たな品を板の間に出して、その代わり、周五郎の挿げた男物の下駄を下に入れて、その上に紙で包んだ草履を丁寧に入れていった。

ひと仕事終わった小三郎に八重が茶と酒饅頭を盆に載せてきた。

「小三郎さん、ご苦労さんだね」

「お八重さん、ようございましたね。跡継ぎが戻ってみえて」

「宮田屋さんに迷惑かけないように仕事をさせますんで、宜しくお頼み申します。なにせ」

と八重がまた駆け落ちと出戻り話を蒸し返そうとしたので、

「おっ母さん、この界隈じゃあ、わたしの行状は知れ渡っているの。いちいち小三郎さんに説明することもないわ」

と佳乃が制した。

「はいはい」

と返答した八重が、次の仕事が宮田屋から入ったことに安心して奥へと戻っていった。

「ああ、そうだ。大事なことを忘れていた」

小三郎が言い出したのは酒饅頭を食し、茶を喫し終えたときだ。

「なにか注文かしら」

「いえ、大番頭さんが佳乃さんとお話ししたいそうです。手隙の折、うちにお出で下さいな」

と言った小三郎が上がり框の竹籠を周五郎の手助けで背負い、

「ご馳走様」

と言い残して出ていった。

それを見送った周五郎が、

「さすがに宮田屋の大番頭どのは見る眼が違いますな。どうです、これで佳乃どのも自信をもって仕事ができるのではござらぬか」

「神奈川宿の三年も無駄ではなかったのね」

佳乃はほっと安堵した。

(わたしは駆け落ちしたのと違う、修業に行ったのだ)

「そういうことです」

佳乃の胸の内を読んだような周五郎の言葉に大きく頷いた佳乃は、新たな注文の品を包み紙から取り出して並べ始めた。

二

佳乃は小三郎が持ってきた金黒漆塗りの下駄と鼻緒を改めて確かめた。

女物の下駄としては上物で形も鼻緒の色合いもそれぞれ違うことを認め、頭の中で組み合わせを考えた。それがなったところで周五郎に、

「宮田屋さんに行ったあと、南峰先生のところに寄って薬を貰ってくるわ。留守番、お願いね」

と断り、奥に行くと弥兵衛に、

「お父つぁん、宮田屋さんから次の仕事がきたわ」

「重ね草履か」

「それが違うの。駿河産の桐下駄よ。天鵞絨の鼻緒を挿げて売り値が二分から三分はしそうなものばかりなの」

弥兵衛はうんうんと頷いただけだった。

二階に上がった佳乃は仕事着を脱ぎ、外着に変えた。そこへ八重が上がってきた。

「宮田屋から上物の下駄の鼻緒挿げの注文がきたってね」

「小三郎さんが運んできた品がそうよ」

「お父つぁんが驚いていたよ。大番頭さんがおまえの才を認めたのかね、三年も仕事をしていな

いおまえのさ」

と訝しそうな顔をした。

「わたしだって分らない。とにかく上物の女物の塗り下駄ばかりよ。覚悟して仕事をしなければいけないわ。だから大番頭さんに会って直にあれこれと尋ねてくるわ。そのあと、大塚南峰先生のところでお父つぁんの薬をもらってくる」

と佳乃がいうと、

「南峰先生のところには薬代がだいぶ溜まっていてね」

と八重が洩らした。

「そうなの、周五郎さんの治療代は下駄と雪駄で支払ったけど、お父つぁんの薬代まで考えなかった。先生にもうしばらく待ってと願ってみる。こんど納めた女物の草履の挿げ代が、いくらか宮田屋から入ると思うの」

と母親を安心させると二階から下りた。

「お父つぁん、行ってくるね」

と言い残し、裏口から路地を抜けて照降町の往来に出た。

親仁橋のほうに向かって歩いていくと宮田屋の店先に女たちの人だかりができていた。よくみると、

「京で流行りの花緒草履売り出し」

と引き札があって、値は二分から一両二分と佳乃が推量した以上の高値がつけられていた。

女たちは、佳乃の挿げた重ね草履の品定めをしていた。

この界隈、一日千両の売り上げの魚河岸や芝居町があり、色街の旧吉原があったこともあって、女たちは流行りには敏感であり、懐も豊かだった。

佳乃の姿を見た大番頭の松蔵が帳場格子の前に手招きした。

「お邪魔します」

佳乃は上がり框の端から畳敷の店に上がった。

「佳乃さん、小三郎があなたの挿げた重ね草履を店に並べたとたん、あの調子です。女衆が集まってきてすでに三、四足売れましたよ。この二、三日で全部はけますな」

と松蔵が満足げに言った。職人の日当五、六百文の四、五倍から八倍にあたる値が佳乃の挿げた重ね草履についていた。

「大番頭さん、次の注文を頂戴致しましてありがとうございました」

「ありゃ、うちでも上物の塗り下駄や畳表付桐下駄です。佳乃さん、心して挿げて下されよ」

「わたしに出来ましょうか」

「私の目に狂いはない。あなたならいい仕事をしてくれます」

松蔵の言葉に頷いた佳乃は、

「下駄が三十足、鼻緒が五種類の天鵞絨で三十本をお預かりいたしましたが、鼻緒は他にもございましょうか」

「私が選んだ五種類ではいけませんかな」

「いえ、女衆の中には自分だけの下駄をと思われるお方がございましょう。あれこれ彩があればと思っただけです」

「よいでしょう」

松蔵は奥から鼻緒の箱を持参して佳乃の前で次々に蓋をあけて見せた。どれも上物で花柄や印伝などいろいろとあった。

「大番頭さん、十本ほど選んではいけませんか。挿げ終えた折、下駄三十と一緒に使わなかった鼻緒はお返しします」

佳乃の鼻緒選びをじいっと見ていた松蔵が、

「佳乃さん、あなたの勘を信じます」

と応じた。

「最前の草履の鼻緒の挿げ代ですがね、一足三十文で九百文、紙緒の下駄の挿げ代と合わせ一分でどうですな」

「有難うございます。助かります」

これで弥兵衛の薬代が幾らか大塚南峰医師に払えるとほっとした。松蔵は直ぐに一分を支払ってくれた。

佳乃は頭を下げて代金を受け取った。

「佳乃さんや、こたびの上物の下駄の挿げ代は一足一朱でどうですね。三十足を十日で、いや、七日で仕上げてくれると、大助かりですがな」

佳乃は茫然とした。

上物の女下駄の挿げ代が一朱なんて法外だった。三十足仕上げると、なんと一両三分二朱となる。

「ちと安うございますかな」

「とんでもないことです。ただ今のわたしには分不相応な挿げ賃です」

「佳乃さん、品の値というものは不思議なものでしてな、安ければよいというものでもない。あれだけの品になると二分と値をつけるより三分、いや一両とつけたほうがこの界隈では売れます。女心は金に糸目をつけませんでな。弥兵衛さんのこともある、薬代を少しでも稼いでおいたほうがいい」

松蔵は当然のことながら暖簾わけした弥兵衛の鼻緒屋の内所まで察していてそう言った。弥兵衛が寝込んで周五郎が古い下駄に紙鼻緒を挿げ替えたところで、三文から五文の手間賃だ。

「よいですな、佳乃さんならば仕事はいくらでも都合しますでな、しっかりと仕事をしなされ」

「大番頭さん、こたびのお客様にも一人ひとり、足を拝見して挿げとうございます。お店でもお客様の家でも参って足に合わせて鼻緒を挿げさせてください。お願いできましょうか」

「宜しいでしょう」

佳乃は深々と頭を下げて、自分で選んだ十本の鼻緒を持参した風呂敷に丁寧に包んだ。

小船町の中之橋際の蘭方医大塚南峰の診療所には珍しく、患者が三人も待っていた。

「おお、鼻緒屋の佳ちゃんか、戻ってきたってな。魚河岸の連中も喜んでいるぜ」

と安針町《あんじんちょう》伊豆屋貴助方の奉公人夏吉《かきち》が佳乃に声をかけた。

ありがとう、と応じた佳乃は、

「南峰先生、昼前に患者がいるのね」

「ここんとこよ、酒断ちしているのか、昼前でもしゃっきりしているぜ。それでよ、順番待ちでさ、こっちは当てが外れたな。風邪を引きそうなんでよ、薬をもらいにきただけなんだけどよ」

と夏吉が応じたところに南峰が姿を見せ、

「夏吉、わしの診療所が流行るのは迷惑か」

「そういうわけじゃねえが、先生よ、なんだかすっきりしていねえか」

「そうか、夏吉の目にもすっきりと映るか。風邪《ふうじゃ》だと、まあ、上がれ、診察しよう」

と夏吉を診察室に上げ、その前に、

「佳乃さん、四半刻待てるか。この三人は適当に診察して追い出すでな」

と言った。

「じょ、冗談をいうねえ、適当に診察されてたまるか」

と夏吉が文句をつけると、

「おお、そなた、わしと佳乃さんの話を聞いておったか。おまえの顔を見ただけで、およそどの程度の風邪かくらい診断はついておる。形ばかりでも診察せんことには代金がとれまい。文句はいわず診察室に入れ」

と夏吉から始まって待っていた患者三人の診察をてきぱきと終えた。

「お待たせ申したな。親父どのの薬は処方してある。まあ、診察室に上がれ」

と佳乃を診察室に招き入れた。

「周五郎さんの傷はもう大丈夫なのよね、南峰先生」

「おお、あのご仁か、もはや心配はなにもない。それより医者のわしの病を荒療治で治しおったぞ、毎朝、鉄炮町の一刀流武村道場で竹刀を振り回してみよ、朝っぱらから酒なんぞ飲む気はおこらん。その代わり腹が空いてな」

「周五郎さんたら名医ね」

「おお、医者のわしの積年の酒を止めさせたとはいわんが、なんとのうすっきりとさせおった」

「先生、本気で竹刀を振り回しているの」

「あのご仁がわしの相手をしてくれてな、ともかく攻めてこいというのだ。当人は絶対にわしを打ちすえたりせんというのでな、ともかく竹刀を振り回してみたが、全くかすりもせんのだ。段々と癪《しゃく》にさわってきてな、なんとしても竹刀をあててやると思ったが、わしの足がもつれて汗を掻いただけであったわ」

「だって、相手は一応お侍よ、医者が竹刀を振り回してもあたりっこないわ」

「佳乃さんや、あのご仁、鉄炮町の道場の師範をしておってな、剣術の技量はただ者ではない。三郎次の仲間なんぞの相手など朝飯前だ。鉄炮町の道場主どのも、あのご仁の腕前は自らの及ぶところではないと認めておられる」

「そんなに強いの、本人は東国の剣法に負けてばかりと嘆いていたわよ」

「強いか弱いか、八頭司どのは神伝八頭司流の極意をだれにも見せておらぬそうだ。それでいて、道場の門弟たちに平然と稽古をつけておる。今では道場主どのは、八頭司周五郎どのに朝稽古をまかせっきりだ」

佳乃は八頭司周五郎が剣を捨てきれないと言った言葉を信じる気になった。

「わしもな、あのご仁の人柄に惹かれてな、毎朝、道場通いを続けておるのよ。妙な侍じゃな」

「先生も元気になったし、しばらく道場通いを続けることね」

「うーむ、道場通いを止めると朝酒に手を出しそうでな、稽古のあと、あの界隈の湯屋に周五郎どのと入って汗を流すのが楽しみになった」

「なによりだわ。でもわたし、周五郎さんは剣道場の門弟のひとりかと思っていたわ」

「最前もいうたがそんな並大抵な腕前ではない。八頭司周五郎には、なんぞ大望があるのかもしれんな、いや、あのご仁は照降町の鼻緒屋の仕事が楽しいというておるだけで、わしが勝手に推量しただけだがな」

「大望ってなんだろう」

「さあて、分らん」

と応じた南峰に佳乃が念押しした。

「周五郎さんの傷はもはやなんともないのね」

ない、と蘭方医が断言した。

「よかった」

と応じた佳乃は、

「うちのお父つぁんの薬代が溜まっているんですってね。一体いくらなの。出来れば少しずつでも支払いたいのだけど」

「大した額ではない、気にするな」

「先生、周五郎さんからうちの内情を聞いたの」

「そうではない。実際、大したことはないからだ」

と答えた南峰の顔に迷いのような感情が走ったのを佳乃は見逃がさなかった。

「南峰先生、うちのお父つぁんの病は喘息と聞いたけどそうなの」

佳乃の問いに南峰が黙り込んだ。

「違うの」

「いや、喘息と呼んでなんら差し障りはない。ただし喘息の因になるのはあれこれとあってな」

「お父つぁんの喘息は季節が暖かくなれば治るというものではないのね。そうでしょう」

ふうっ、と南峰が吐息をもらした。

「去年の今ごろは暖かくなって喘鳴が起こるのが軽くなり、快癒したかに見えた。今年はなかなかよくならぬ」

「先生、病は他にあるの、ほんとうのところを教えて」

「佳乃さんや、蘭方医というても病を診断し、快復に導けるのは病人の百人にひとりもおるまい。医者の力はその程度なのだ」

「南峰先生、言い訳はいいわ。お父つぁんの病、治るの治らないの」

「佳乃さん、もはや仕事に戻ることはあるまい。できることなれば、どこぞでのんびり過ごさせてやりたいのじゃがな」

南峰の言葉に佳乃は慄然として背筋に悪寒が走った。

「五臓六腑の一つ、肺に腫瘍が広がっておるのだ」

「お父つぁんの命、もう長くないの」

佳乃はその問いを否定されることを願って口にした。

南峰は瞑目し、自らの医学の知識に問うている険しい表情を見せた。そして、ゆっくりと両眼を見開いて佳乃を正視した。

「半年、かのう」

「は、半年、なんてことが」

「蘭方でも漢方でもただ今の医者の力では、どうにもならぬ」

ふたりは黙り込んだ。

長い時が流れた。

「うちは分限者ではないわ。ただの鼻緒屋よ、どこぞでのんびりと過ごさせるような余裕なんてないの」

佳乃の言葉に南峰はなにも答えられなかった。

「いまお父つぁんにしてやれることは他にないの」

また南峰は間を置いた。

「佳乃さん、ひとつだけ望みがないこともない。そなたが照降町に戻ってくれたことがな、親父どのに力を与えてくれるのではないかと思うておる、医者の神仏、いや、佳乃頼みじゃ」

と南峰は己が吐いた言葉にすがるように言った。

「南峰先生、このことを承知なのはだれとだれ」

「わしとそなただけじゃ。そなたが照降町に戻ってこなければ、わしは最後の最後までそなたの身内に伝えることはすまいと考えておった。そなたの心を悩ますことになるな」

と済まなそうに言葉を告げた。

「いえ、違うわ。お父つぁんの寿命を知るのは娘の務めよ。そう思いませんか、南峰先生」

「おっ母さんには話さぬつもりか」

「今はまだ」

「それがよかろうと思う」

と言った南峰は、

「薬はこれまでとは違うものを出す。親父さんがひどく苦しむようなれば、その折はいうてくれ、苦しみを和らげる薬を出す」

「先生とわたしだけの秘密ね」

「そういうことだ」

南峰は薬を調合しに隣の部屋に行った。

その瞬間、佳乃の両眼から涙がとめどもなく流れてきた。

(一日のうちにいいことと悪いことがあるなんて)

と佳乃は考えながら泣いていた。


四半刻後、荒布橋の傍らに佳乃は立って、花が散り、薄緑の若葉に変わろうとする老梅のごつごつとした幹に片手をあてて心の中で話しかけていた。

(白梅様、佳乃に力をお与え下さい)

どれほどの時が流れたか、

「佳乃どの、どうなされた」

と周五郎の声が佳乃の気を引き戻した。

「子どものころからの癖なの」

「梅の木がなんぞ佳乃どのに知恵を授けてくれるかな」

「こたびは難しそうね」

「ほう、難題を持ちかけられたか」

佳乃は、周五郎の手に鼻緒を替えた古下駄があるのを見た。

「おお、これか。堀江町の裏長屋のおかみさんから頼まれたものだ。届けてこようと思うてな、ふと荒布橋のほうを見たら、佳乃どのの姿が目に映った。妙に険しい姿ゆえつい声をかけてしもうた。邪魔をしたようだな」

「もういいの」

と言った佳乃は、話柄を変えた。

「周五郎さんたら鉄炮町の道場の師範をしているんですってね、南峰先生に聞かされて驚いたわ」

「先生がさようなことを」

「蘭方医の病を治す八頭司さんの力を借りたいわね」

「いつなりとも」

「そのときがきたら相談するかもしれないわ」

「待っておる。照降町の鼻緒屋のご一家にはそれがし、多大な恩義があるでな、なんなりと申し出てくれ」

首肯した佳乃は、

「帰ったらしっかりと仕事しなきゃあ」

と明るく応じて照降町へと歩き出した。

古下駄を手にした周五郎が佳乃の背を無言で見送った。

三

梅の季節が過ぎ去り、桜の季節へと移ろっていた。

気候は暖かくなったが、弥兵衛はいよいよ床から離れられなくなった。八重は、

「おかしいね、去年はさ、桜の便りが聞かれるようになったころには床上げして作業場に出ていたんだがね」

と首を捻っていた。佳乃は、

「お父つぁんは一年、病んで齢をとったんだよ。暖かくなったからといってすぐに床上げできるわけがないじゃない。自分が起きて仕事をしようという気力が出るまで周りが急かせないことよ」

と母親に言い聞かせた。

「佳乃がさ、頑張って仕事をしてくれるものだから、お父つぁん、甘えちゃったかね」

「そんなとこよ」

母と娘の会話を周五郎が聞いていたがなにも口を挟まなかった。

佳乃は仕事場に入ると、これまでほど周五郎とも話を交すことなく、ひたすら宮田屋から注文された下り物の履物に鼻緒を挿げていた。そして、一つの注文が終わると自ら宮田屋を訪ねて、大番頭の松蔵に点検してもらい、新たな下駄と鼻緒を選び、鼻緒屋に持ち帰った。

佳乃の挿げた花緒下駄の評判は上々で直ぐに売れた。履物を買いそうな客があると小僧が佳乃を迎えにきた。そして、佳乃はその客の足の形に合わせて鼻緒を調整した。また宮田屋で買い求めた客のなかには花緒下駄を手に鼻緒屋にきて、佳乃に調整させる客もいた。佳乃はそんな客の注文を熱心に聞き、手直しした。

もはや「京下り花緒」は宮田屋いちばんの売れ品になっていた。

佳乃はひたすらに仕事をこなした。

時に気分を変えるため、こよりを造って溜めていた。周五郎にはそれがなんのためか理解がつかなかった。

照降町の宮田屋では旧吉原時代から官許の遊里に出入りして遊女の注文を聞いていたが、浅草に移ったいまもそのつながりは残っていた。

番頭や手代が、佳乃の「京下り花緒」を背負って吉原を訪ね、馴染の大籬《おおまがき》の三浦屋《みうら》などで遊女に見せると、たちまちその場で売れてしまったという。

いま佳乃が手掛けている下駄も吉原の大籬からの注文品だ。

一方、男物の下駄や草履の鼻緒を挿げる周五郎が、

「佳乃どの、近ごろ仕事のし過ぎじゃぞ。少し休まれぬか、そなたまで倒れては元も子もないでな」

と言葉をかけることがあったが、

「周五郎さん、仕事が面白くなったの」

といなしていた。

今日もまたそんな問答になっていた。

「それは分らんではない。だが、宮田屋の注文どおりに仕事をしているせいか、佳乃どのの遊び心が少しばかりなくなったようでな」

と遠慮げに言った。

「遊び心がなくなるってどういうこと」

「すまぬ、半人前の見習がいう言葉ではないな。だがな、そんな気がしたのだ」

「どういうことか最後まで説明して、周五郎さん」

周五郎は首肯すると覚悟を決めたように言い出した。

「以前の花緒には、咲いたばかりの梅の花を思わせる凜とした気品があった。だが、ただ今はそれが薄れたようでな。気を悪くしたら聞かなかったことにしてくれぬか」

佳乃は鼻緒を挿げかけた下駄を前掛けの膝に載せて、じいっと見詰め、考え込んだ。長い沈黙のあと、

「大事なことを忘れていたわ。ありがとう、周五郎さん」

と礼を述べた。

「いや、それがし、いらぬ言葉を吐いたかもしれぬ」

佳乃が首を横に振り、それに勇気を得たか、周五郎は言葉を足した。

「佳乃どの、剣術を譬《たと》えにだして悪いが、技量があろうとも気持ちの余裕のないものの打ち込みは脆《もろ》いものでな、辺りを見回すくらいの余裕が大事なのだ。このところ佳乃どのは一生懸命に仕事をこなして、季節の移ろいすらも忘れておられるように思える」

周五郎の言葉に膝の下駄を傍らに置いた佳乃が、

「おっ母さん、二つお茶を淹れてくれない」

と願った。

「あいよ」

奥から返事がして、しばらくすると桜餅を添えて盆に茶を運んできた八重が、

「なんだ、宮田屋の番頭さんが来たんじゃないのかえ」

と言った。

「わたしと周五郎さんがお茶にするの」

「ここんとこ、お茶を飲むこともしないで根を詰めて仕事をしていたものね。その分お父つぁんは、すっかり仕事をする気力をなくしたよ」

と呟いた。

「いいじゃない、長いこと仕事ばかりしてきたんだもの。偶《たま》には休むのも悪くはないわ」

そうだよね、と言いながら茶と桜餅を供した八重が、ふたりの前から消えた。

「周五郎さん、この仕事がいち段落ついたら、付き合ってくれない」

「どこへなりともお供を致す。花見でござるか」

桜の便りが江戸のあちらこちらから聞こえていた。

「花見、ね。たしかに花見だわね。訪ねていくところは吉原よ」

「な、なに、吉原見物に参られるか。それがし、野暮天ゆえ、詳しくは吉原を知らぬが、佳乃どののような女衆が入ってよいのでござろうか」

「むろん吉原は男衆が楽しみにいく遊里よね。でも、鑑札をうけた女髪結は大門《おおもん》を入ってもいい

と聞くし、吉原には遊女衆のほかにたくさんの裏方の女衆が住んでいるとも聞くわ」

「ほうほう、さようか」

周五郎はまるで理解がつかぬという顔をして佳乃を見た。

「聞いたことがないの。宮田屋では旧吉原のころから遊女衆の履物を納めていたのよ。浅草裏に移ったいまも、大籬の花魁《おいらん》衆の履物を納めているのよ」

「知らなかった」

「番頭さん方がひと月に一度くらいのわりで履物を見てもらいにいくのよ。もちろん買ってもらうのがいちばんよいことだけど、花魁衆からあれこれと注文がつくこともある。吉原はなんといっても見栄と張りの場所よ。召し物でも髪型でも履物でも遊女衆の好みや注文は聞き逃せないのよ」

佳乃の言葉を頷きながら聞いていた周五郎が、

「佳乃どのは遊女衆と直に話がしたいというのか」

「この前、宮田屋の大番頭さんとこの話をしようと思ったけど迷った末に止めたの。でもやはり履物を買ってもらう花魁衆に直にあって話が聞きたいと思ったの。その折、付き合ってくれる、周五郎さん」

「それがし、佳乃どのの用心棒かのう、いや、荷物運びじゃな」

「松蔵さんにはこの下駄の鼻緒を挿げ終えたら、今日にも確かめてみるわ。女のわたしが花魁衆と直に話ができるかどうかをね」

「相分った」

「馴染の番頭さんが従うと、どうしても花魁衆はわたしのような女職人は相手にもしないでしょう。だから、周五郎さんは手代さんに扮してわたしに同行して」

「偶には外に出て気分を変えるのも大事なことだな」

「最前、周五郎さんの忠言を聞いてふと思いついたの」

「畏《かしこ》まった」

「もしよ、わたしたちが吉原に行っていいというのならば、刀はなしよ。佳乃どのもおかしいわね」

「それがしは手代じゃな」

「そのそれがしもなしよ」

「おお、それがしもいうてはならぬか。ふーん、吉原を訪ねるのもなかなか大変じゃな」

と周五郎が困惑の体を見せた。

「まだ決まったわけじゃない。まずは松蔵さんのお許しが出てからよ」

と茶を喫した佳乃は、挿げかけの下駄を手にとった。そんな佳乃を見ながら、周五郎は、

（なにかが変わった）

と漠とした危惧を抱いていた。

下駄の鼻緒挿げは、もはや佳乃のお手の物だ。周五郎が最前佳乃に話したように、忙しくて気持ちに余裕がないこともあろう。だが、そのことより佳乃自身が、なにか不安を抱いているよう

で、それが仕事に没入する原因ではないかと考えていた。

周五郎は八重が残していった盆に空の茶碗と佳乃が手をつけなかった桜餅を載せて台所に下げた。

その間も佳乃は何事か考えながらも手は一心に動かし続けていた。

昼餉のあと、佳乃は宮田屋に仕上げた女ものの下駄を届けにいった。金黒漆塗りの台も天鵞絨の花緒も宮田屋でも最上のものだった。

「おお、出来ましたかな」

と言いながら大番頭の松蔵が眼鏡をかけ、

「ふんふん」

と言いながら鼻緒の挿げ方を子細に見た。

「いいでしょう」

と満足げに言った。

「大番頭さん、この下駄は吉原に納められるのでございますね」

佳乃の問いに松蔵が頷いた。

「なにかございますかな」

「わたしを吉原のお客様に会わせて頂くわけには参りませんか」

「ほう、どうしてまたさような願いを言い出されましたな」

「吉原の花魁衆は素人衆より流行りものに敏感でございましょう。花魁がどのように下駄を履きこなすのか、また鼻緒に好みはないのか知りとうございますし、いちばん大事なことは花魁衆の御足の形を知ることにございます。さようなことを直にお聞きして鼻緒挿げに役立てとうございます。差出がましいお頼みでございましょうか」

「いや、職人がな、客の好みを知るのは大事なことです。よろしいでしょう、こたびにかぎり、私自ら吉原を訪ねて、吉原会所の頭取にそなたが廓《くるわ》に入ることを願ってみましょう」

と応じた。

「大番頭さん自らでございますか、恐縮です」

「佳乃さんや、吉原の大門の出入りは女衆にはことのほか厳しゅうございます。吉原を差配する吉原会所の許しがなければ、素人女が廓に入ることはできません」

「手代さんを伴われますか」

「それなりに品物がございますでな、手代ひとりを従えます」

「それについてもお願いがございます」

「いうてみなされ」

佳乃は正直に周五郎からの指摘と問答を告げた。

「ほう、あの浪人さんがそのようなことをな。確かに佳乃さんにこのところ仕事を絶え間なく頼みましたな。言われてみれば、そなたが疲れていることに気付かなかった。吉原の仕事が終わったあと、おふたりで浅草寺でも参られ、気分を変えてきなされ」

「いえ、わたしにとって気分を変えるのはお客様の花魁の注文を聞くことでございます」

佳乃の言葉を聞いた松蔵が頷き、

「昼見世の始まる前が花魁衆もゆっくりしておられます。明日の四ツ時分に親仁橋に猪牙舟を着けておきます」

と言った。

「大番頭さん、刀を差した手代はおりますまい、周五郎さんには刀を店においてもらい、髷《まげ》も結いなおし、形《なり》も職人風な恰好をさせます」

佳乃の言葉に松蔵がしばし間を置き、

「八頭司様には旧藩との間に諍《いさか》いがあるのではございませんかな」

照降町の老舗の大番頭は鼻緒屋弥兵衛方の「奉公人」についても承知していた。

「当人はもはや藩の争いごとには関わりたくない、と言っております」

「とは申せ、相手方と斬り合いをなさって大塚南峰先生の治療を受けられたそうな」

「大した傷ではないと当人は言っておりましたが、わたしが強引に南峰先生のところへ」

「連れていかれたそうですな。南峰先生とばったり中之橋際で会った折、下駄を見せられて、治療代に頂戴した、なかなか履きやすいとご満悦でございましたぞ」

松蔵は南峰から八頭司周五郎の怪我を教えられたようだ。

「それに八頭司様に連れられて鉄炮町の剣道場に朝稽古に通っておるそうですな。酒を飲まなくなって患者の評判も戻ったようです」

「まさか南峰先生が道場通いするなんて思いもしませんでした」

「八頭司様の素性を佳乃さんは承知ですな」

「はい。当人の話でいくらかは承知しています」

「まあ、手代を連れていくより安心かもしれませんな。いつもお世話になっておりますのでな、背中に下駄を担いで下さるというのならふだんの形でお連れ下さい。吉原会所にてお待ち頂くことになるかもしれませんがな」

と松蔵が佳乃の頼みを聞き入れた。

佳乃は、鼻緒屋に戻った。

「大番頭さんは周五郎さんのことを承知で、いつもの形で刀を差していてもよい、吉原会所にて待つことになるかもしれないが、と申されたわ」

と佳乃は松蔵との会話を告げた。すると周五郎が、

「吉原会所とはなんだな」

と尋ねた。

「廓を差配しているところみたいよ。周五郎さん、ほんとうに吉原の大門を潜ったことがないの」

「あのような遊里は金がなければ相手にしてくれぬところじゃそうな。それがし、これまでさような僥倖《ぎょうこう》に恵まれなかった。明日は初登城じゃな」

「廓に初登城ね、吉原会所で待っていても登楼というのなら、わたしたち、明日初登城ね」

「そういうことだ」

周五郎がにこにこと笑った。

翌朝四ツ、着流しに大小二本を差した八頭司周五郎が吉原の花魁に見てもらう下駄を入れた宮田屋の家紋入りの箱を鎧櫃《よろいびつ》のように担ぎ、大番頭の松蔵のあとに佳乃と従った。すると猪牙舟の船頭はなんと箱崎町の船宿中洲屋の幸次郎だった。

「大番頭さん、毎度ご贔屓《ひいき》ありがとうござんす」

と松蔵に挨拶した幸次郎は、

「周五郎さんよ、おまえさんと大事な荷は舳先だ。胴の間には大番頭さんとよしっぺだ」

と指図して猪牙舟に乗せた。

佳乃は宮田屋の出入りの船宿が中洲屋であることを思い出し、松蔵がわざわざ吉原行に幸次郎を指名したのかと思った。

「よしっぺ、頑張っているそうだな」

「有難いことに宮田屋さんからお仕事を貰って、なんとかやっているわ」

「なんとかどころじゃあるめえ。よしっぺの挿げる花緒下駄は照降町の久しぶりの売れ筋だと聞いたぜ。そうでございましょう、大番頭さん」

「幸次郎、佳乃さんとは幼なじみでしたな、評判が気になりますかな」

「いやさ、大番頭さんよ、おれの馴染み客が何人も宮田屋で下り物の下駄を買ってよ、鼻緒がいいてんで教えてくれたんだよ。お店の手代さんに聞いたらよ、よしっぺの、いや、佳乃の挿げた鼻緒というじゃないか、ぶっ魂消たな。三年も仕事から離れてよ、いきなり宮田屋の仕事をもらっただけでも驚きだがよ、それが前より腕を上げたというじゃないか、どういうことだえ」

「幸次郎、女が変わるときはね、一夜にして変わるものですよ。三年の間を無駄にしなかった佳乃さんはこれからますます売れっ子になりますよ」

「一夜にして変わるね、船頭なんぞは竹棒で叩かれ叩かれしてもよ、なかなか仕事が覚えられないものだがね」

　と幸次郎が言った。

「幸ちゃんはしっかりとした船頭さんじゃない。わたしはこの失った三年を取り戻さなきゃあならないの。ただ必死なだけよ」

「失った歳月なんていうがよ、よしっぺは、男を肥やしにして花咲かせたじゃねえか。職人衆はよ、女を嫌がるがよ、おりゃ、仕事によっては男だけが職人じゃねえと思っているよ。大番頭さんよ、よしっぺを、いやさ、佳乃を手助けしてくんな」

「いいもんですな、幼なじみは」

　と松蔵が言った。

「吉原によしっぺを連れていくってのは真ですかえ」

「真です、佳乃さんの願いでね、下駄を履いてくれる花魁から直に好みやら注文を聞きたいのだそうです」

「宮田屋が下駄を納めているのは三浦屋を始め、大籬ばかりだな」

「そうですね」

と松蔵があっさりと応じた。

猪牙舟は日本橋川から船宿中洲屋のある箱崎町へと曲がって崩橋《くずればし》を潜り、いつの間にか大川へと出ていた。

「よしっぺが履物のことを聞きたいのなら、雁木楼《がんぎろう》の花魁梅花《ばいか》さんに会ってみねえか、打掛から履物、化粧から歌舞音曲、和歌から書までなんでもござれだ、なにより人柄がいいそうだ」

「幸次郎、会ったことがあるような話ですね」

「大番頭さんよ、船頭は耳年寄だ、なんでもお客様の受け売りだ。だれひとりとして梅花花魁を悪しくいう客に会ったことはねえんだ」

「ならば、おまえさんのよしっぺが梅花花魁に会わずばなりますまいな」

と松蔵が最初からその心積もりでいたように答えた。

四

松蔵に案内されて佳乃も八頭司周五郎も初めて衣紋坂《えもんざか》から五十間道を下って大門の前に立った。

「ほう、ここが官許の遊里吉原にござるか」

宮田屋の家紋入りの木箱を担いだ周五郎が思わず呟いた。それを耳に止めた松蔵が、

「八頭司様は何年も江戸藩邸住まいでしたな。その間、仲間に連れられて吉原見物にもお出でに

なりませんでしたか」

「大番頭どの、それがし、部屋住みのうえ至って野暮天でのう。仲間の誘いを断ってしまった。いま思えば」

「残念でございましたな」

と松蔵が周五郎の言葉を奪い、

「そのお蔭で大番頭どのと佳乃どののお供で本日の初登城になり申した」

「初登城ね、たしかに御免色里の初登城にございますな」

といささか呆れた口調で苦笑いした。

佳乃は周五郎には吉原を訪ねなかった理由が格別にあったのではないか、と想像した。だが、それがなんなのか見当もつかなかった。

吉原会所の半纏を粋に着こなして大門前に見張りに立つ若い衆に松蔵がなにか話しかけ、女の佳乃を含む三人は大門を潜った右手の吉原会所に案内された。

公儀が認めた江戸唯一の遊廓吉原を監督差配するのは町奉行所だ。

南北両奉行所が一月交代で隠密方同心を派遣して、吉原に面番所なる詰所を設けて監督する決まりになっていた。吉原会所と向き合うように大門の左手にある面番所は、隠密方同心が詰めてはいるが、実際の廓内の騒ぎや面倒ごとは、四郎兵衛《しろべえ》会所とも呼ばれる吉原会所が処理していた。

敷地二万七百余坪の吉原は幅三間半の溝に囲まれ、その内側には高塀がめぐらされて、ふだんの出入りは大門だけしか許されていなかった。むろん遊女の逃亡、吉原でいう足抜《あしぬけ》を阻止するためだ。

吉原会所は、一見町奉行所の出先機関、番屋の造りに似て、広土間があり、板張りに接していた。その板張りには廓内で悪さをした者を縛《いまし》めておく大きな丸柱があり、壁には突棒《つくぼう》や刺叉《さすまた》や袖搦《そでがらみ》の捕物道具がいかめしくかかっていた。

この吉原会所でまず松蔵だけが八代目頭取の四郎兵衛に会った。

その間、佳乃と周五郎は会所の土間で待機させられた。

会所の若い衆は、地味な縞模様の袷《あわせ》と帯の佳乃に関心をもったか、ちらりちらりと見ていた。

「浪人さんよ、おめえさん方は何者だね」

若い衆の中でも年配の、会所の半纏を粋に着こなした男が質した。

「われらでござるか。こちらはわが主の鼻緒屋の佳乃どの、それがしは鼻緒屋の見習いにござる」

「はあー、照降町の鼻緒屋の主が若い女だって」

「いささか事情がござってな」

「だろうな。いくら鼻緒屋だって女が主とは珍しいやな」

と佳乃を見た。

「鼻緒職人の佳乃にございます。以後お見知りおきください」

「驚いたな、若くてよ、美形が女職人だってよ」

と若い衆が洩らした。

そこへ絹物の大島を着た恰幅のいい壮年の男と松蔵が吉原会所の奥から姿を見せた。

「うちの若いやつらが関心をもつわけだ。あの鼻緒を挿げる女職人がこの若さですか、松蔵さん」

「父親の弥兵衛のもとで六歳のころから見よう見真似で鼻緒挿げを覚え、十歳の折には下手な男職人より腕は上でございましてな。仕事熱心のうえにこたびのようにお客様の注文を知りたいという気持ちもございます」

うむうむ、という風に頷いた八代目四郎兵衛と思しき頭取が周五郎を見た。

「こちらが見習職人さんですな。照降町の鼻緒屋に妙な組み合わせの主従が誕生したものだね、松蔵さん」

「うちもこちらとは旧吉原からの付き合いでございますな、二百年近く吉原に出入りさせてもらっていますが、女職人は初めてでございますよ」

「失礼ながら弥兵衛さんの娘さん、なかなかの美形、廓内に勤めればすぐに売れっ子になりましょうな」

四郎兵衛が佳乃を見ながら言い放った。どうやら弥兵衛を承知の風だった。

「四郎兵衛様にございますか。父の弥兵衛が病に倒れておりまして、致し方なくわたしが父の代わりを務めております。宮田屋様の大番頭さんに御無理を願い、こちらに連れてきて頂きました。花魁衆の履物の鼻緒の具合を直にお聞きしとうございます。お許しを頂ければ有難く存じます」

佳乃のきっぱりとした挨拶を受け、四郎兵衛が言った。

「この齢であの履物の鼻緒を挿げるいわくが、なんとのう分りましたぞ、松蔵さん」

松蔵が満足げに頷いた。

四郎兵衛は若い衆の頭分と思しき男に、

「潮五郎《ちょうごろう》、松蔵さんとな、佳乃さんに従え。まずは三浦屋から訪ねてみよ」

と命じた。

畏まった小頭の潮五郎が配下の若い衆に、

「おい、お侍が負ってきた荷を持って従え」

と言い付けた。

「ご浪人さん、おまえさんは会所で待っていて下さいな」

と潮五郎が言い、

「承知仕った」

と周五郎は宮田屋の箱を渡した。

松蔵、佳乃、そして潮五郎らが出ていき、周五郎が独り残された。奥に戻りかけた四郎兵衛が、

「八頭司様と申されますか」

と不意に周五郎に尋ね、

「はっ、いかにも八頭司周五郎と申す。されどただ今のそれがしは照降町の鼻緒屋の見習でござれば、周五郎と呼び捨てにして下され」

と四郎兵衛に願った。

「譜代大名豊前小倉藩小笠原様の家臣であったそうな」

松蔵から聞いたか、四郎兵衛は周五郎の出自を承知していた。

周五郎は首肯した。

「宮田屋とは長年の付き合いでございますがな、女職人を連れてきたのは前代未聞でしてな、松蔵さんがあれだけ高く腕前を買うはずだ。花魁衆が競って購う履物の鼻緒挿げの技量、この吉原にとっても得難い職人です。八頭司様」

「いえ、周五郎にござる」

「周五郎さん、そして、あなただ。弥兵衛さんの鼻緒屋はおふたりに代替わりですかな」

「弥兵衛親方は夏前には元気になられましょう」

周五郎の言葉にしばし間をおいて頷いた四郎兵衛が、

「しっかりとな、弥兵衛さんと佳乃さんを支えて下されよ」

と言い残すと奥へと消えた。

周五郎は吉原会所の上がり框の隅に大小を抜いて座し、待った。

時は流れていったが飽きることはなかった。

吉原会所には妓楼の男衆や遣り手と思われる女衆が訪ねてきて客との揉め事などを相談して去っていき、また別の男衆が姿を見せた。

周五郎はそんな遊里を取り締まる吉原会所の人間模様を黙然と眺めていた。

一刻が過ぎた頃合いか、表で大声が飛びかい、吉原会所の若い衆と妓楼の男衆と思われる者たちに囲まれて、激高したふたりの武士が会所に連れ込まれてきた。

「お侍さんよ、二日居残りで遊び代も払わず大門を出るのは許されないぜ」

佳乃を妓楼に案内していった小頭の潮五郎が折しも戻ってきて、武士らに言った。

浅黄裏《あさぎうら》と呼ばれる勤番侍か、そんな風体だった。

「だれが金を払わぬというた。われら、屋敷から金子が届かぬによって取りに戻るのだ」

「そのお屋敷とはどちらですね」

「おい、町人、容易く奉公先の名など出せるものか」

「小見世の伏見楼に一昨日から上がり、ひとりが、残ったおめえさん方が遊び代は支払うと言い残し、昨日の昼見世前に姿を消した。そのことをおめえさん方も承知した、そうだね」

潮五郎はすでに騒ぎの経緯は承知していた。

「ああ、そのとおりだ」

「で、今朝方、遊び代はないと言われたそうだな」

「屋敷に財布を忘れてきたのを思い出したのだ」

「あのね、十二、三の餓鬼だってもう少しましな言い訳をしますぜ。遊び代がないというのなら、付け馬を屋敷まで同行させましょうかね。まずそのためにはおめえさん方の奉公先をはっきりとこの場で話してもらいましょう」

「冗談を言うでない。付け馬などといっしょに屋敷に帰れるものか」

「屋敷の名も言えねえと仰る。となると、困ったことになるぜ。伏見楼の銀造さんよ、遊び代はいったいいくらだい」

「最初の晩が三人、昨晩がふたり、遊び代と飲食代で二両一分三朱だよ」

「高いではないか」

六尺を優に超えたほうが文句をつけた。

「高いも安いもあるかい、好き放題に飲み食いして女郎を抱いたお代だ。いくら浅黄裏でもそれくらいは承知で吉原の大門を潜ったんだろうが」

と銀造が怒声を発した。

「おのれ、浅黄裏などとわれらを蔑《さげす》んだな、そこへ直れ。成敗してくれん」

とそれまで黙っていた小太りの武士が激高の顔付きで刀の柄に手をかけた。

表情は見せかけだが、それなりの剣術を心得ていると周五郎は武士の挙動を見てとった。

「おい、吉原は公儀が許した遊び場だぜ。この吉原会所で刀なんぞ抜くとおめえさん方、腹を切ることになりかねないぜ」

と潮五郎が忠告した。

「吉崎、構わぬ。武士に向かって嘲弄《ちようろう》致したのだ。叩き斬ってしまえ」

「心得た、笹村。それがしが林崎夢想流の居合の怖さを見せてくれん」

小太りの吉崎某が雪駄を後ろに飛ばして抜き打ちの構えを見せた。その雪駄が周五郎の足元に飛んできた。だいぶ履き古した雪駄だった。

潮五郎らが壁の木刀や突棒を手にした。伏見楼の男衆の銀造は、

「小頭、こいつら、最初《はな》から遊び代を支払う気などないんだぜ」

と叫んだ。

「下郎、そこまで武士の面目を穢《けが》すか」

と笹村と呼ばれた者も刀の柄に手をかけた。

「あいや、しばらく」

と丸腰の周五郎が声をかけたのはそのときだ。

「なんだ、その方」

「下駄の鼻緒の挿げ替えが当面の仕事でな」

「なにっ、鼻緒屋風情が口出しするでない」

「吉原で刃傷沙汰はいかぬぞ。だれであれ怪我をしてもつまらんでな」

「おのれ、口出しするでない」

吉崎某が潮五郎との間合いを詰めた。

「待たれよ、斬り合いよりな、そなたの雪駄、だいぶ履き古しておるな。鼻緒だけでも替えてよい頃合いだ」

と言いながら周五郎が雪駄の一方を片手に摑んで、上がり框から立ち上がった。

「おのれ、そのほうもわれらを愚弄致すか」

「さようではない、鼻緒を替えぬかというておるのだ」

周五郎がひらひらと左手の雪駄を振った。

吉崎某がすっと腰を落とした構えで周五郎との間合いを詰め、一気に抜き放った。

その瞬間、周五郎の手から雪駄が吉崎の顔に飛び、傷んだ底裏がばしりと音を立てて鼻面に当たった。そのため吉崎は棒立ちになった。

周五郎は上り框に置かれた大刀を手にすると、刀の鐺《こじり》で吉崎の鳩尾を素早く突いた。

ぐっ
と呻き声を上げた吉崎がその場に崩れ落ちた。

「おのれ」

笹村が刀を抜くと一気に周五郎に斬り込んできた。だが、周五郎はすでに相手の動きと間合いを見抜いていた。

ふわり
と笹村との間合いをつめて内懐に入ると同時に手にしていた大刀の鐺で相手の喉元を突き上げた。こんどは巨木でも倒れるかのように笹村が吉原会所の土間に背中から崩れ落ちた。

一瞬の間だった。

騒ぎを聞いた四郎兵衛が奥座敷から出てきて周五郎の動きを見ていた。それに気づき、

「気を失うておるだけです」

と周五郎が言い訳した。

「鼻緒屋には勿体ない腕前ですな」

「いえ、相手が平静を失っていただけの話です。おそらくこの者の懐には財布があると見ました。

小頭どの、お調べになってはいかがですかな」

周五郎の言葉に潮五郎が笹村某の懐を探り、あった、というと中身を調べた。

「二両と銭が数十文入っておりますぜ」

「伏見楼の男衆、遊び代はいくらでしたな」

と四郎兵衛が質した。

「二両一分と三朱でさあ、八代目」

「一分と三朱は諦めなされ。小頭、その二両、伏見楼さんにな、渡しなされ」

と命じ、

「若い衆、あとあと面倒があってもいけませぬ。このふたりはな、面番所に運び込んで事の次第を告げておきなされ」

と言い添えた。

騒ぎが済んだ頃合い、松蔵となんとなく紅潮した顔の佳乃が吉原会所に戻ってきた。

「周五郎さん、待たせて退屈させたわね」

「退屈などする暇もないくらいでな、吉原は面白いところじゃな」

「まさか昼見世に上がったんじゃないわよね」

佳乃が周五郎に質した。

「佳乃どのはそれがしの懐具合を承知であろう。会所の外には一歩も出ておらぬ」

「それで退屈しなかったの」

「あれこれとあってな、それがし、物知りになった気がしておる。それより佳乃どののほうはうまく行ったのかな」

周五郎は問いを佳乃に返した。

四郎兵衛が佳乃と周五郎の問答を面白そうに聞いていた。

「花魁の高尾様をはじめ、幸次郎さんが言った梅花花魁にも話を聞くことが出来たわ。やはりお客様に履き心地を直に聞くのはためになるわね。今後も時折吉原にお邪魔して、花魁衆の注文を聞く約束が出来たの」

「それはなによりであったな」

松蔵は佳乃と違い、えらく疲れた顔をしていた。

「大番頭どのはなんぞござったか」

「周五郎さんや、私とてこの齢です。あなたと異なり、商売柄吉原を知らぬわけではありませんよ。でもね、素顔の花魁衆に何人も会うなんて初めてのことです。佳乃さんの必死さが伝わったのかね、花魁衆も佳乃さんに心を許した体で、素足の形をとらせ、足の長さや甲の高さまで物差しで測るのを許してくれました。私はあんな場に立ち会ったのはこの齢で初めてです、なんだかどっと疲れました」

と松蔵が苦笑いした。

「大番頭さん、次からはわたしひとりで来ます。大番頭さんのお手を煩わせることはしません。花魁衆のご注文は宮田屋さんにちゃんとそのつどお伝えします」

佳乃は本日高尾花魁らから下駄の注文があったことを一座に告げた。

「ほう、松蔵さん、商いになりましたか」

四郎兵衛も驚いた顔で問答に加わった。

「値の張る下駄の注文ばかり、それも佳乃さんが鼻緒を挿げることが前提ではございますがな」

と言った松蔵がさらに、

「八代目、素顔の高尾花魁に会える機会がなくなるのは、なにやら勿体《もったい》のうございますな」

と正直な気持ちを洩らした。

「なに、高尾が素顔を見せましたか」

「八代目もさような場に行き合わせたことはございませんかな」

「ありませんな、松蔵さん。かような至福は一生にひと度あれば上々吉です。これからは佳乃さんと周五郎さんのふたりで吉原に来なされ」

と言った。

「いや、照降町の女職人と見習職人の組み合わせは、空恐ろしゅうございますな。宮田屋さんもこのふたりを大事になされ」

と四郎兵衛が注文をつけた。

「あら、なにかあったの、周五郎さん」

「それがしは履き古した雪駄の鼻緒替えの注文を逃しただけだ、なんの働きもなかった」

と周五郎が応じ、松蔵に連れられたふたりの吉原「初登城」は終わった。

大門口に立った佳乃は仲之町を振り返り、植えられた桜の花びらが風に舞うのを見ながら、

（ここにも大勢の女たちが生きている）

と思った。

第五章　百度参り

一

葉桜が清々しい季節、弥生を迎えた。

近ごろでは三日に一度のわりで鉄炮町の剣道場に朝稽古に出る大塚南峰と、稽古を終えた周五郎は、馴染みの湯屋の湯船に汗をかいた体を沈めた。

「先生、ちとお尋ねしたいことがござる」

湯船の中でひと息ついた周五郎が南峰に問うた。

「もはや稽古はよかろうと申されるか。わしはなんとのう体を動かすことが楽しくなったところじゃがのう」

「いえ、先生の稽古のことではございません」

「では、なんだな、師範」

南峰は周五郎のことを師範と呼ぶようになっていた。

「弥兵衛どのの病状です。弥生も半ば、気候もようなったというのに治りがどうも遅い。いや、段々悪くなっているように思えます」

　周五郎は思い切って質した。

　南峰はちらりと周五郎の顔を見て、

「佳乃さんになんぞ言われたか」

　と問い返した。

「いえ、佳乃どのは段々と無口になっておられる。仕事に没頭していることもあろうが、とても問い質すような真似は憚られる」

　南峰が、ふうっと息を吐き、両手で湯を掬い、
　ごしごし
　と顔を洗った。その行いは迷う心を悟られまいとするようにも見えた。

「南峰先生、それがし、照降町の鼻緒屋を身内と勝手に思うておる」

「そなたはもはや弥兵衛一家の身内じゃ」

　と自分の胸の内の想いに反論するように南峰が言った。

「ならば弥兵衛親方の病がどうして治りが遅いか、それがしに話してもよいではござらぬか。それとも佳乃どのもおかみさんもなにも知らぬのですかな」

　南峰は長い沈黙を己に強いて迷いと向き合った。そして、重い口を開いた。

「弥兵衛どのの病は日一日と進行しておる」

「治らぬ病というのかな」

周五郎の問いに南峰が頷いた。

「喘息はいろいろな要因で起きる。弥兵衛さんのは、厄介でな、肺に腫瘍ができておると思われる。ただ今の蘭方ではどうにも対処ができぬ。わしがいうのもおかしいが、医者を変えたところで変わりはあるまい。親方は死の病に憑りつかれておられる」

なんと、と呟いた周五郎は、

「佳乃どのに話されたか」

「二月《ふたつき》も前かのう、佳乃さんに問い詰められてな、じゃが、おかみさんは知るまい。弥兵衛親方自身は薄々気付いておる」

周五郎は瞑目して南峰の言葉を、いや、己の気持ちを整理した。

「死の病にかかっておられたか。あと、余命はどれほどとみればよい」

と両眼を瞑《つむ》ったまま問うた。

「夏が越えられるかのう。ということは二月か三月《みつき》」

「なんと、佳乃どのは独りでこのような大事を抱えてこられたか。それがし、能天気に暮らしておった」

「八頭司周五郎さんや、鼻緒屋にてそなたが仕事をしていることがどれほど佳乃さんの力になっておるか、そなたは知るまい。もはや医者のわしでもどうにもできぬ。二月前から佳乃さんに痛み止めを渡しておる」

「そうか、そうであったか」

周五郎は眼を見開き、なにかできることはないかと混乱する頭で考えてみた。だが、なにも思いつかなかった。

「八頭司どの、その折がきたら佳乃さんとおかみさんの力になってくれぬか」

南峰の言葉に周五郎は無言で頷いた。ふたたび瞑目したあと、

「知らなかった」

と呟き、

「日中佳乃どのの傍らで仕事をしながら佳乃どのの悩みを察することができなかった」

と繰り返した。

「佳乃さんはしっかりとした女子じゃ、鼻緒屋の女大黒柱じゃ」

「南峰先生、それがしが出来ることは黙って見守るだけか」

「最前答えたぞ」

「何もできることはないか」

と周五郎は同じ問いを吐き出したが南峰は答えない。

「ただ見守るだけか」

「そなたにはそれが出来る。その役目は鼻緒屋の一家にとってどれほど力になることか。そなたは医者のわし以上の人間、身内じゃぞ」

南峰の言葉に周五郎は頷いた。

気持ちは定まった。

そのとき、南峰が周五郎に質した。

「かような話になった折だ。わしも聞きたいことが師範にある」

「なんでござろう、南峰先生」

「そなた、生涯鼻緒屋に勤めるわけではあるまい」

「それではいけませぬかな、先生」

「人には分がある。そなたは鼻緒を挿げる身分ではない。なぜ弥兵衛親方のもとで働くなど考えたな。なんぞ切っ掛けがあったに相違ないとわしは思うておる。話せぬのか」

南峰を問い詰めたお返しが跳ね返ってきた、と周五郎は思った。

「そなた、豊前小倉藩小笠原家の重臣の血筋であったな」

「実兄が父の跡を継ぐことが決まり、すでに出仕しており申す。それがし、江戸で申す部屋住みの身、いずれは家を出なければならない身でござった」

「そのことは佳乃さんから聞いた。そなたの人柄と才覚、それに剣の腕前なれば家中に養子や婿入りの話があっても不思議ではなかろう」

南峰が話柄を展開した。

そのとき、ふたりの男たちが柘榴口を潜って姿を見せた。

「おや、南峰先生、妙なところで会うね」

とひとりが南峰の顔見知りか、尋ねた。

「この界隈で汗を搔いてな、さっぱりしておるところよ」

と答えた南峰が周五郎を上がろうかという表情で見た。

周五郎は問いがこれで頓挫したと思い、ほっと安堵した。だが、南峰は諦めたわけではなかった。衣服を着ると、

「ちょっと二階で茶を喫していこうか、風呂上がりは喉が渇くでな」

と周五郎にいい、さっさと二階への階段を上がっていった。

湯屋の二階は武士の刀を預かったり、小女が湯上がりの客に茶を供したりする休憩場として使われていた。ゆえに二階座敷の隅には将棋盤に駒や花札などが用意されてあった。

通りが見下ろせる一角にふたりは向き合って座った。小女に茶を注文した南峰が、

「最前のわしの問いは未だ生きておる」

と周五郎に言った。

「南峰先生、大した話でもなく、愉快になることでもございませんぞ。それでもお聞きになりとうございますか」

「そなたのことがえらく気になってな、互いにそこそこには信頼できる間柄と思うたゆえ質しておる」

周五郎は、一つ小さな息を吐いた。

「南峰先生、西国九国の大名の大半が外様雄藩にございます。旧小倉藩の細川家のあとを継いで入封した小笠原一族は、小倉藩を筆頭に中津藩、豊後の杵築藩と小笠原一族三家で外様雄藩の目付のような役割を果たすよう、三代将軍家光様に命じられたそうな」

「西国にある譜代大名小笠原家は気位だけ高く、内証は豊かではないか」

と南峰が素早く応じた。

「先生の申されるとおりです。近年、放漫な藩政運営により、苛酷な年貢徴収に耐えかねた百姓の逃散が頻繁に起こり、農村は荒れ果てた状態にございました。藩内も派閥争いが常態化して、いまから十余年前の文化十一年には、情けないことが起こりました。藩士三百六十人が隣国の外様大名福岡藩黒崎領に越境して庇護を求める騒ぎが発生しました」

「なに、譜代大名家の者が外様大名の福岡藩黒田家に助けを求めたか」

「面目次第もない騒ぎは、重臣方の必死の呼びかけに二日後には藩士たちが帰藩して決着がつきましたが、藩内抗争は収まるどころか、沈潜したまま対立はいまも続いており申す」

周五郎は小倉藩の近況を告げた。

「それがしの八頭司家は代々上士の番頭格でございますが、父の跡目は最前申したように実兄が継ぐことが決まり、兄はすでに出仕しております。

それがしが小倉藩の勤番として江戸藩邸に上がったのは中老の、姓名の儀は秘させて下され、娘婿として入ることを前提にしてのことでございました。国許だけではのうて江戸でも藩邸内で、若い家臣団を中心に藩政改革の動きが激しさをまして、争いごとが続いておりました」

「そなた、重臣派からも改革派からも頼みにされたのではないか」

「それがしにさような力はございません、にも拘わらず重臣派からは味方と思われ、改革派からは仲間と思われてきました。それがし、政《まつりごと》はまったく苦手でございましてな、どちらにも間をおいて参りました。二年あまり前のことです、それがしが娘婿に入る中老家から呼び出され、改革派と縁を切らねば婿養子の話はなかったことにすると言い渡されました」

「そなた、相手の娘を承知であろうな」

「はい。相手方も江戸藩邸定府の家柄ゆえ、お会いいたしました。以来、二度ほど面会いたしましたが、常に家人か陪臣が立ち合う面談にてふたりで直に話したことはほとんどございません。中老には改革派からの離脱を求められました。その折、『改革派にも重臣派にも与しません。それがし、殿の小笠原忠固様ご一人《いちにん》に忠誠を尽くしとうございます』とお答え致しましたところ、激高なされて、以来中老家との付き合いを拒絶されてしまいました」

「娘御はどうなった」

「一昨年の正月、重臣他家の次男と縁組みをなされた由にございます。その話を聞いてそれがし、藩を抜けました」

「じゃが、話は終わってはおらぬようだな、そなたと闘争に及んだのは重臣派じゃな」

「はい。中老の娘婿に入られたお方が、改革派の名を使い、下屋敷に呼び出して、改革派を取りつぶす命を与える、これは殿、忠固様の命であると申されました。そこで『それがし、すでに小倉藩とはかかわりなき身の上、重臣派はもとより改革派にも一切関わっておりません』と申して下屋敷を出たところを襲われたのでございます」

　周五郎の掻い摘んでの話は終わった。

　南峰はしばし沈思したあと、周五郎に質した。

「そなた、武家奉公に未練はないか」

「ございません」

「とはいえ重臣の血筋のものが下駄や草履の鼻緒挿げとは、えらく飛躍した選択ではないか」

「さようでしょうか」

「というとそなたはなんの疑いもないか」

「ございません。されど」

「されど相手方は、つまり重臣派も改革派もそなたの生き方を疑っておるということかな」

「はい」

ふたりの間に沈黙の時が流れた。

「わしの場合は酒がな、御典医の途を閉ざした。かといって悔やんでおるわけではない。嫁とも縁がなかったと思えば諦めもついた。じゃが、子どもはな、会いたいと思う」

「南峰先生、奥方が実家に戻られて以来、お子とも会うてはいませんか」

「許されておらぬでな。子のせいにするのは卑怯じゃが、酒におぼれたのはそのせいかのう」

と南峰が淡々と述べた。

「それがし、しばし人の履物の鼻緒を挿げておるうちに、なにか見えてくるものがあるかもしれぬ、と考えております」

「その折、鼻緒屋を離れるというか」

「これからの世の中、剣術修行がなにかをもたらすことはございますまい。されどそれがしの場合、剣にすがるしか他に途はない、捨てきれません」

「そなたの剣道場での生き生きした顔を見ておるとよう分る」

「当面鼻緒屋の御厄介になりながら、剣の途を探ってみます」

「ひょっとするとそなたの剣が頼りにされるときがくるやも知れぬ。一大名家の重臣派と改革派の内紛ごときではのうてのう」

大塚南峰の言葉に周五郎は黙って頷いた。

湯屋の二階で茶代を小女に払った南峰が、

「弥兵衛親方じゃが、いつなんどき、なにがあってもおかしくはない。そなた、手助けしてくれよ」

と最後に念を押した。


「あら、いつもより遅かったわね」

と佳乃が仕事の手を休めて言った。

「南峰先生と湯屋の二階で話をしていてな、かような刻限になった。相済まぬことであった」

「偶には男同士のお喋りも悪くないわ」

と言った佳乃が、

「お父つぁんのこと、南峰先生に聞いたのね」

といきなり質した。

不意を突かれた周五郎は一瞬間が空いた。

「悪く思わんでくれ。それがし、南峰先生に質し、『いや、もうすぐ全快じゃ』という言葉が聞きたくてな」

「先生はなんて」

「佳乃どの、そなた、独りだけでこの二月も胸に秘めておったか。すまぬ、それがし、気付くべきであった。なんの役にも立つまいが胸の悩みや苦しみを吐き出すと、少しは楽になることもあろう。これも余計か」

「いいえ、違うわ」

と言った佳乃の目に涙が浮かんだ。

「佳乃、周五郎さんが来たのかえ、朝餉はどうするね」

と八重が台所から問うた。

「頂戴できようか」

と佳乃の涙を見るのが耐えられなくてそう応じた周五郎は台所へと向かった。


その日、ふたりは黙々と仕事を続けた。

夕餉のあと、母親の八重に、

「南峰先生からお薬を貰ってくるわ」

と言って周五郎といっしょに出かけることにした。八重が、

「こんどの薬はよく効くよね、お父つぁんたら痛みもなくよく眠ることができるって、南峰先生は名医だね」

「そうね、酒断ちもしたそうだし、たしかに名医よ」

と言い残した佳乃と周五郎は、店の裏口から照降町の往来に出て、荒布橋へと向かった。

橋の袂の老梅は若緑の葉を茂らせていた。

佳乃は梅の幹に掌をあてると口の中で願い事でも唱えているのか、しばしその姿勢を続けていた。

周五郎は黙したまま佳乃が祈り終わるのを待った。

不意に振り向いた佳乃が、

「ありがとう」

と感謝の言葉を口にした。

「われらは身内であったな、そのような言葉は今後無用にしてくれぬか」

「八頭司周五郎さんがうちにいてくれてどれほど心強いか、分らないでしょうね」

「南峰先生にも同じようなことを言われた」

「わたしひとりで負いきれなくなっていたの。明日からは周五郎さんに愚痴をいうわ。いいかしら」

「ああ、そうしてくれぬか」

頷いた佳乃が、

「わたし、親不孝なのかな、親孝行なのかな」

と呟くように言った。

「照降町の皆がそなたの親孝行は承知じゃ」

「お父つぁんの死に目に合うように戻ってきたから」

「それもあろう。ともかくもはや独りで苦しみや悩みを抱えてくれるな。お互い分かち合おう」

はい、と返事をした佳乃が、

「わたし、周五郎さんと話したかったの。もう帰るわ」

「薬が要るならばそれがしが診療所に立ち寄ってもらってこよう」

「痛み止めはまだあるの。また明日ね」

と佳乃が鼻緒屋へと戻っていった。

周五郎は黙って佳乃の背を見詰めながら、

(いつも見送ってばかりじゃな)

と思った。

二

未明、佳乃は百本造ったこよりを手に荒布橋の袂に立ち、橋の西と東を往復しながらお百度参りをなした。

弥兵衛の病がもはや治らないと大塚南峰医師に聞いて以来、密かに続けてきた。その朝、佳乃がお百度参りを終えて鼻緒屋に裏口から戻ってみると、弥兵衛を喘息の発作が襲っていた。これまでになく激しいもので半刻ほど苦しみが続き、なんとか喘鳴が治まったが弥兵衛の心身は消耗しきっていた。

「も、もう、お、おれはだめだ」

と絞り出すように八重と佳乃に洩らした。

「南峰先生も苦しい峠を越えたら治ると言っているよ」

と八重が言った。

「いや、もうむ、むりだ」

弥兵衛が弱々しい声で答えた。

「よ、佳乃、宮田屋の大番頭さんを呼んでくれないか。おれが訪ねるのが筋だが、もうその力は残ってねえ」

「お父つぁん、まだ五十前よ」

「佳乃、の、信長様が、人間五十年と言われて本能寺で亡くなった齢だ、としにはふそくはねえ」

と言った弥兵衛は、

「松蔵さんにそ、足労を願え。や、弥兵衛の最後の頼みだと言ってな」

「分ったわ、南峰先生を呼んで診察をしてもらったあとに、わたしが松蔵さんにお願いする」

「ああー、たのむ」

と応じた弥兵衛は疲労困憊した顔で両眼を閉じた。

「お父つぁん、この薬を飲んで少し休んで。そしたら、落ち着くから」

咳止めと痛み止めをなんとか木さじで飲ませようとしたが、

「もうむだだ、佳乃」

と言って拒絶した。

「少し休んでいて。南峰先生を呼んでくるから」

佳乃はまず小船町の中之橋際の大塚南峰の診療所を訪ねた。

「そうか、激しい発作に見舞われたか。本日は別の患者があってな、道場を休んだ」

と南峰が言った。

「どうなんでしょうか、お父つぁん」

「わしの診断では、今日明日とは思えない。人の体というものは意外に丈夫にできておるでな」

と言った南峰は佳乃に薬箱を持たせて照降町の鼻緒屋を訪ねてくれて、弥兵衛のやせ細った胸に聴診器をあてて、丁寧に診察した。

「せ、せんせい、もういい。薬で一日二日長生きしたところで、もはやこの世に未練はねえ」

と洩らした。

「弥兵衛さんや、寿命はそなたや医者が決めるものではない。天のさだめだ。わしの診察ではまだそのときは来ておらぬ。人間、だれしも身罷《みまか》る。そのときまで頑張りなされ」

南峰が痛み止めと眠り薬を上手に飲ませた。すると弥兵衛はどことなく落ち着いて両眼を閉じて眠りに就《つ》いた。未明から苦しんで体力を消耗していたのと、薬の効果で眠りに落ちたのだろう。

佳乃は南峰を見送りに出た。

「八頭司さんは朝稽古じゃな」

と南峰から周五郎のことに触れた。

「昨日、先生と周五郎さん、お父つぁんのことを話したんですってね」

「すまぬ、そなたとの約定を違えて。八頭司さんも身内同然に弥兵衛さんのことを案じておってな」

「もういいの。うちは周五郎さんと南峰先生がいてくれて、どれだけ助けられているか」

「わしは仕事じゃ。八頭司さんは親身に案じておられる」

南峰の言葉に佳乃は頷いた。

「わしは八頭司周五郎さんを信頼しておる。こちらにな、八頭司さんが関わりを持っていたことをわしは喜んでおる。佳乃さん、八頭司さんを信頼することだ」

南峰がしんみりとした口調で佳乃に告げた。

「南峰先生、お父つぁんのことの他になにか話し合ったの」

しばし間を置いた南峰がこっくりと頷き、

「八頭司さんは若いが苦労をしておる。あの若さでだれにも信頼される者はそういるものではない。藩内で苦労した末に抜けたようだが、この先、なにをなすべきか迷ってもおられると見た。

いいか、佳乃さん、そなたが照降町の外に出て、難儀をしたように、八頭司さんは江戸藩邸で同輩に利用され、婿養子にいく相手先にも裏切られて、照降町の弥兵衛さんに出会ったのだ。八頭司さんも顔には出さぬが人一倍の苦労をしてきたゆえに、こちらの難儀も身内のように分るのだ。くり返すが、八頭司周五郎さんを信じよ」

「南峰先生、分っているわ」

佳乃の言葉に頷いた南峰が、

「今朝方のような発作がこれからもある。本人がいちばん辛かろうが、そなたらも弥兵衛さんを支えてくれぬか。わしがいたほうがいいと思えば、夜中でも叩きおこせ」

「ありがとう、先生」

と応じた佳乃は薬箱を南峰に渡した。

その足で宮田屋を訪ねた佳乃を見て、

「弥兵衛さんに発作が襲ったか」

と大番頭の松蔵が尋ねた。

佳乃の疲れ切った顔がそう教えていたのだろう。

「大番頭さん、未明から苦しみ抜いて、たった今南峰先生が診療所にお戻りになりました」

「そうか、発作がな」

と応じた松蔵に佳乃は父親の言葉を伝えた。

「なに、弥兵衛さんが私に会いたいといわれるか」

としばし沈思した松蔵が、

「これから参りましょうかな」

「たったいま浅い眠りに就いたばかりです。あと半刻か一刻あとにご足労願えませんでしょうか」

と佳乃は願った。

「承知した」

と答えた松蔵が、

「佳乃さん、あなたが照降町に戻って安心したかね、女職人としてしっかりと跡継ぎになってくれたからね」

「大番頭さん、わたしは女ですし、まだ半人前だと思っています。お父つぁんの眼鏡にかなった跡継ぎではないような気がします」

「いや、もう職人が男だけなんて、威張っていられる時世は終わったよ。あなたがそのことを私らに教えてくれた、その先駆けのひとりになる女職人ってね。弥兵衛さんは自分の口から私にそのことを願っておきたいのではないかね。そんなことをしなくても弥兵衛の娘は立派な跡継ぎなんだがね」

と言い切った。

しばし間を置いて佳乃が応えた。

「ありがとうございます。大番頭さんの期待を裏切らないように頑張ります」

「おお、そうしておくれ。旦那様もあなたの鼻緒挿げの技量は認めておいでですからね」

と松蔵が言い切った。

佳乃が鼻緒屋に戻ってみると周五郎が仕事場に座っていた。

「親方を発作が襲ったそうだな、知らずにいて済まなかった。大事のときになんの役にも立たなかった」

と悔いの言葉を洩らした。

「南峰先生が診察に来てくれたわ」

「先生はなんと」

「これからも幾たびか発作が襲うと」

「言われたか。親方が気力を失わねばよいがな」

「お父つぁんはもう諦めているわ。出来ることならば幾たびも苦しめたくない。身内としてはあの発作を見るのがいちばん辛いもの」

と佳乃が言い、周五郎が頷いた。

「佳乃どの、朝餉はまだであろう。それがしは馳走になった、食してきなされ」

と周五郎が佳乃に優しく話しかけた。

「そうするわ」

と応じた佳乃は奥に通りかけ、振り返って、

「南峰先生と周五郎さんは話が合うようね」

「先生は苦労を知っておられる。酒を飲んでいたのもそのせいだ。だが、いまはぴたりと止められた」

「それは八頭司周五郎さんという信頼できる朋輩ができたからよ」

「南峰先生とそれがしでは比べようもない。教えられることが多い」

佳乃は首を横に振り、

「周五郎さんのことを南峰先生も褒めておられたわ」

「ほう、褒められるようなことはしておらぬがな。なんというておられた」

「いつか話すときがきたらね」

佳乃の言葉を聞いた周五郎が頷いた。


宮田屋の大番頭松蔵は、なんと主の源左衛門を伴い、鼻緒屋に姿を見せた。

照降町にあって宮田屋は老舗にして親店で、下りものの傘、下駄、草履、鼻緒を扱う問屋だ。爺様の代に暖簾わけをしてもらい屋号すらない鼻緒屋に当代の主が姿を見せることなどない。宮田屋の商いは大番頭の松蔵がすべてを仕切っていた。源左衛門が仲間内の集いに出るとしたら祝儀不祝儀くらいだ。

佳乃は驚いて、

「大番頭さん、旦那様をお呼び立てしたわけではございませんが」

と恐縮の言葉を告げた。すると源左衛門が、

「佳乃さん、弥兵衛さんと私はな、おまえさんの生まれる前からの付き合いです。私が会いにきては迷惑ですかな」

と笑みの顔で佳乃に言った。

「迷惑などではございません。ただ、お父つぁんは病ゆえ床についておりますし、言葉もはっきりとしません」

「案じなさるな」

と源左衛門が答えたところに、

「大番頭さんがお見えか、佳乃」

と八重が姿を見せて、

「だ、旦那様」

と仰天した。

親店の当代が鼻緒屋の敷居を跨いだことなど、何年もいや、十数年以上なかったろう。佳乃の爺様が亡くなったときが最後だが、幼かった佳乃はよく覚えていない。

弥兵衛はすでに目覚めていたが、源左衛門の姿を見て、どこか覚悟した体で、

「旦那様、も、申しわけねえ」

と詫びた。

「弥兵衛さん、私とそなたの間柄、物心ついたときからの遊び相手ですよ」

と枕元に座った源左衛門が笑みの顔で言った。

「旦那様、もう弥兵衛はダメだ」

としっかりとした口調で言った弥兵衛が、

「八重、佳乃、この場を外せ」

と命じた。

八重と佳乃は顔を見合せた。だが、黙したまま八重は台所へ、佳乃は店の作業場に戻った。

周五郎が佳乃を見たが、事情を察したようになにも尋ねなかった。

佳乃は鼻緒を挿げかけた下りものの下駄を手にした。

「新緑の季節は病人にはつらいと聞いたことがある。あちらはこれから葉を生い茂らせて精気を発散する。だが、弥兵衛親方にはその精気を受け止める力がないのでな」

「大塚南峰先生は、もはや発作を止める薬もない。あとは家族の介護がただ一つの救いだ、といっておられたわ」

と佳乃が応じ、

「背中をさすり、見ているだけよ」

「ここにきて急に体力が落ちたからな」

と周五郎が言った。

「もはやなにもできることはないのね」

と応じた佳乃はあることが頭にうかんだ。

佳乃は宮田屋の注文の品を仕上げたあと、新たなこよりを造り始めた。雨の未明にお百度参りしてこよりをダメにしたからだ。

周五郎は佳乃がなにを考えて、こよりを造るのか予想もつかないようだった。

佳乃は宮田屋源左衛門と松蔵と弥兵衛の三人の話が長引いている奥を気にした。

ぼそぼそとした会話は半刻余り続き、終わった気配があった。

八重は恐縮しきった挨拶をして、本家のふたりを仕事場に案内してきた。

「大旦那様、松蔵さん、長い時を費やさせてしまいました」

「なんの、久しぶりに弥兵衛さんと話が出来てよかった」

と源左衛門が言った。

「お父つぁんは、なにをおふたりに願ったのでございますか」

「そりゃあな、男同士の内所話です。佳乃さん、ただ今は跡継ぎにして娘のおまえさんでも話せませんな」

と応じた源左衛門が鼻緒屋を辞去した。

その場に残った松蔵が、

「佳乃さん、最後まで諦めちゃなりませんよ」

と佳乃を激励するように言った。その口調にはすでに、

「弥兵衛の死」

を認めた感じがあった。そして、佳乃が造っているこよりを見て、

「過日、お願いした吉原の注文は出来上がったようですね。私が頂戴していきましょう」

と言った。

「ならば、大番頭どの、それがしが宮田屋さんまで運んでいきます」

と周五郎が、下り物の金黒漆塗りの台に佳乃が天鵞絨の華やかな鼻緒を挿げた品を丁寧に紙で包み始めた。

三

翌朝未明、八頭司周五郎は鉄炮町の一刀流道場に出た。まだ道場は暗く門弟の姿はない。

道場主の武村實篤の実際の年齢を周五郎は知らなかった。七十歳をいくつか越えていよう、と推量していた。

江戸勤番になった周五郎が偶然にも見つけた道場だった。年季が入った佇まいになんとなく惹かれた。路地に面した格子窓から道場の内部を見ることが出来た。板敷の道場は四十畳ほどの広さか、神棚が板壁に掛かった下が見所《けんじょ》のようで一尺ほど高く二尺の奥行に一間半の長さがあった。その見所に老人が脇息に肘をついてもたれ、無人の道場を黙然と眺めていた。

周五郎は表に回り、案内を乞うた。すると老人の声が、

「どなたか知らぬが入りなされ」

と応じた。

周五郎は一礼し、道場に入ると老人に会釈して、

「もはや稽古は終わりましたか」

と尋ねてみた。

「朝稽古が主でな、昼間は稽古する者もおらぬ」

「ならば稽古をさせてもらえませんか」

「ご勝手になされ」

との老人の言葉に周五郎は左腰に一本差しにした大刀を右腰に移した。

老人は周五郎の行動を淡々と見ていたが、なにも言葉を発しなかった。

周五郎は右腰に移した刀を左手でゆっくりと抜き、また鞘に戻した。その動きを繰り返した。段々と抜き打ち、鞘に納める動きが早くなり、左腕の抜き打ち稽古を四半刻ほど続けて納刀した。

「左利きとは珍しいのう」

「右でも使えます」

「ほう、いよいよ珍しい。どなたに習ったな」

「父親直伝です」

「ほう、父御が両刀使いを許されたか」

「黙認しておりました」

「流儀は」

「神伝八頭司流、西国のわが家に伝わる剣術です」

「なかなかの腕前と見た」

「いえ、東国に参り、どこの道場に稽古に参っても左利きなど話にならぬ、と入門を断られたり、立ち合いで散々な目に遭ったりして、入門を拒まれました」

周五郎の話を聞いた老人が、

「それはそなたが真の実力を見せておらぬからであろう」

と言い切った。

「それがし、勝ち負けより稽古がしたいだけなのです」

「それでうちに目をつけたか」

「やはり異形の剣術は入門お断りですか」

「断るいわれはない。すでに道場に通り、稽古をわしに見せてくれたではないか。稽古したければいつなりとするがよい」

老人が周五郎に許しを与えた。

周五郎は次の朝から稽古に出た。だが、もはや左使いを門弟衆には見せなかった。

武村道場は牢屋敷に近いせいで、牢屋同心が門弟に多かった。

町奉行支配のもとにある小伝馬町牢屋敷を預かる牢屋奉行は、世襲で石出《いしで》帯刀《たてわき》が勤めていた。この牢屋奉行の下に五十人の牢屋同心が所属していた。古参の牢屋同心で四十俵四人扶持、大半は二十俵二人扶持であった。

町奉行所の同心は罪・咎のある者を扱うので「不浄役人」と蔑《さげす》まれた。その町奉行所同心から牢屋同心はさらに下位の者として扱われた。

そんな同心衆が武村道場の門弟に多くいた。

周五郎は同心衆の技量に合わせて稽古に付き合っていた。だが、だれとはなしに、「八頭司周五郎どのはなかなかの技量」

と認められたのは道場主の武村實篤が周五郎を「師範」と呼び始めたからだ。とはいえ、周五郎が道場で指導をなすことはなく、牢屋同心らとこれまでどおりに稽古をしていた。

この朝も周五郎は未明のうちに独り稽古を半刻ほどなし、ふたり三人と門弟衆が集まると、その者の技量に合わせた稽古を行った。

蘭方医大塚南峰の二、三日に一度の稽古日、周五郎は南峰に付き合って竹刀で立ち合った。南峰が打込む竹刀を、防具をつけた頭で受け、時折、軽く反撃してみたりして南峰の体を動かした。最初、わずかな時間でさえよたよたしていたものが最近では体力がついて、一方的な攻めながら、四半刻ほど動けるまでになっていた。

「南峰先生、どうやら酒断ちが功を奏したようですね」

「それもあるが道場で他人様の頭を殴りつけるのは気分が爽快になってな、なんだか、われながら強くなったような気分を覚える」

「それはなによりです」

と周五郎が笑みの顔で応じたとき、

「頼もう」

という怒鳴り声とともに三人の剣術家と思しき面々が道場に姿を見せた。

「そのほうらは何者か」

牢屋同心の若手中尾《なかお》清助《せいすけ》が質した。

「道場主にお目にかかりたい」

と三人のひとり、髭面の剣術家が中尾に応じた。

「先生は見所におられるお方だが、そのほうら何者だ」

「道場破りと考えられよ」

「はあっ」

中尾清助が呆れ顔で相手を見た。

「そなたら、正気か。江戸でもこれ以上の貧乏道場はあるまい。道場破りと名乗って勝ちを得たところでなんの得にもならんぞ」

「道場主は年寄り爺か。師範はおらんのか」

「師範な、おるにはおるがそなたらの勝ちは最初から目に見えておる。腕試しなれば他を当たられよ」

と中尾が答えると、

「念のためじゃ、師範の面を見ていこうか」

中尾が困ったという顔で防具をつけた周五郎を見た。

「中尾どのが申されたようにそれがしが一応師範と呼ばれておるが、頼りになる師範ではない、他を当たられたほうがよかろう」

と防具を外した周五郎が言った。その顔を見た相手が、

「そのほう、名はなんだ」

「姓名を名乗れと申されるが、そなたは何者かな」

との周五郎の反問に、きっ、と顔色を変えた相手が、

「鹿嶋神道流《かしましんとう》免許皆伝蓮沼多門《はすぬまたもん》」

「ほうほう、鹿嶋神道流免許皆伝とはなかなかのお腕前かな。それがし、八頭司周五郎と申してな、ただ今の仕事は草履や下駄の鼻緒挿げでござる」

「立ち合おう」

いきなり蓮沼が手にしていた木刀で素振りを呉《く》れた。

「立ち合おうと申されてもな、最初から勝ち負けの決まった打ち合いはつまらぬであろう。それに師匠の許しも得んとな」

周五郎が見所で古びた脇息にすがって座す武村實篤を見た。いささか耳が遠い武村が道場破りと周五郎の問答を聞き取れたかどうか、

「八頭司周五郎、蓮沼なにがしというたか、その者の願いを聞いてはどうか」

と言い出した。その言葉にその場にいた中尾らが、

「せ、先生」

と驚きの言葉を発し、

「困りましたな」

と周五郎も呟いた。続いて武村の、

「そなたの傍らには蘭方医もついておられる」

となんとも長閑《のどか》な口調に周五郎はしばし沈黙して間をおき、

「致し方ございませんな。で、得物は木刀にござるか、竹刀ではいかがかな」

と最後は蓮沼に向き直り尋ねた。

「竹刀など手ぬるい」

と蓮沼が言い放った。

「致し方ないか」

と独りごとを呟きながら、

「それがし、竹刀にて相手をさせてもらおう」

「おのれ、木刀の怖さを知らぬか。一撃にて額を割られて死ぬこともある」

「ならばそちらが竹刀に変えてくれぬか」

ならぬ、と蓮沼が周五郎に向かって叫んだ。

「そなた、どうやら最初からそれがしを狙ってこられたようだな」

「ほう、察しておったか」

蓮沼が木刀を構えた。

「なんとなく推量はついた。ここの門弟衆には町奉行所とつながる牢屋同心方もおられる。卑怯なふるまいはなりませんぞ」
「この期に及んであれこれと抜かすでない。いざ、勝負」
と木刀を上段に構えた。
周五郎は二、三歩下がり、手にしていた竹刀を稽古着の後帯に差し込み、竹刀の柄を右肩に斜めに立てた。
「なんじゃ、その構えは。浅草奥山の見世物ではないぞ」
「お見逃しあれ」
「おのれ、鹿嶋神道流を蔑みおったか」
「いえ、それがしが蔑んだのは流儀に非ず、蓮沼多門、そのほうだ」
と口調を変えて言った周五郎が、
すすすっ
と間合を詰め、蓮沼も上段の構えの木刀を懸河《けんが》の勢いで振り下ろしながら突進してきた。
上段からの木刀の動きを見ながら、上体を屈めた周五郎の左手が右肩の上に突き出た竹刀の柄にかかり、竹刀が光になって相手の左の肩口を叩いた。
がつん
と蓮沼の肩の骨が折れた鈍い音が響いて、
ぎえっ
と絶叫した蓮沼が前のめりに道場に倒れ込んだ。

一瞬の勝負だった。

一刀流武村道場に沈黙と静寂が満ちた。

「ご両者はどうなさるな」

周五郎の早業を目のあたりにしたふたりは、眼前で信じられないものを見たという顔で立ち竦んでいた。

「先生、どうしたもので」

周五郎が悶絶した蓮沼を顎で指し、治療するかどうかを南峰に尋ねた。

「わしはかような乱暴者の治療をする義理はない。仲間に手伝わせて、この界隈の医者に連れていかれよ。そこのふたり、その程度の義理はあろう」

と南峰が蓮沼の連れに命じた。

「ということだ。ほれ、道場の外に連れていきなされ」

周五郎が左手の竹刀の先で仲間らに命じた。

黙り込んだ門弟衆に見送られながら、ふたりが蓮沼多門の気絶した体を道場から引きずり出した。その道場破りの動きを見ながらついていった周五郎が連れのひとりに、

「そなたらの雇い主はだれじゃな」

と改めて尋ねた。

ふたりが顔を見合わせ、ぼそりと姓名を洩らした。

道場では、

「神伝八頭司流、恐るべし」

と脇息にもたれた武村實篤が呟いた。

「せ、先生、八頭司師範の技量を承知でございましたか」

「中尾、人は見かけによらぬものよ。竹刀で打たれたあやつ、もはや道場破りどころか剣術の稽古はできまいな」

と武村が洩らし、

「出来ませんな」

と蘭方医大塚南峰が賛意を示した。


南峰と周五郎はいつものように馴染みになった湯屋の湯船に首まで浸っていた。

「周五郎さんや、あやつらを雇ったのは、そなたの旧藩の者か」

「まあ、そんなところでしょう」

「藩を抜けてまで狙われるとは、そなた、なにを承知なのだ」

「それがしが承知のことなど大したものではありません。長いこと武家奉公しておると、どのような話でも恐るべきものと思いこむようです。世間に漏れたとて歯牙にもかけられず一文にもならぬ話です」

ふーむ、と鼻で返事をした南峰が、

「神伝八頭司流、恐るべしか」

と道場主の武村の口真似をしたが、

「そなた、二百年前に生まれておればな、その腕前、出世の道具に使えたものを」

と嘆いた。

「出世とは無縁ですね、先生」

ふっふっふふ
南峰が声もなく笑った。

しばしふたりは興奮を落ち着けるように湯に無言で浸っていた。

「そなた、いつまで照降町の鼻緒屋で仕事をしている気か」

南峰が周五郎に何十遍目にもなる問いを発し、

「先生、それがし、照降町の暮らしが気に入っておるのです。続けてはいけませんかな」

とこれまた同じ答えを返した。

「わしは、そなたの向後をどうせよこうせよと言える立場にはない。だがな、花は時と場所を選んで咲こう。照降町ではそなたが花を咲かせるには勿体ないようでな」

周五郎が南峰を見た。

「いや、お節介よ」

と応じた南峰には周五郎に伝えたいことがありそうだと思った。が、

「もうしばらく照降町の暮らしを続けとうございます。そのうち、なんぞ考えが浮かぶやもしれません。それまで南峰先生、お付き合い下され」

と答えていた。

「女房が子を連れて出ていき、酒浸りになって何年が過ぎたか、ようやく近頃、わしは町医者として生きていこうという気になった」

「でございましょう。男が先行きのことを考えるにはその程度の歳月はかかりましょう」

「であろうな」

と己に得心させるように呟いた南峰が、

「鼻緒屋の女主も頑張っておる。そなたが傍らにおれば心強かろう。佳乃さんが独り立ちするまで見守ってやるのもそなたの務めかもしれんな」

と言い添えた。

「佳乃どのはすでに自分の生き方を定めておられます」

「いくら出戻りとは申せ、あの若さで両親と鼻緒屋の面倒を見るのは大変であろう。そなたがいるといないでは」

「なんぞ違いますかな」

「えらい違いじゃ。なによりそなたら、気が合うておる」

南峰の言葉に周五郎は頷き、話柄を変えた。

「それがしより弥兵衛親方の容態、いかがでございますか」

「いつぞやもいうたが、もはや医者の手にはおえん。わしに出来ることは痛み止めの薬を調合することくらいでな」

「食も細くなっておられます」

「であろうな」

と応じた南峰が、明日身罷ったとしてもおかしくはないと淡々とした言葉で言った。

周五郎は南峰の横顔を見た、すると、

「いま一つ気にかかることがある」

と医師が呟くように言った。

「と、申されますと。もしや佳乃どののことでは」

「関わりがある。佳乃さんの連れ合いだった三郎次を見たというものがわしの知り合いにおる。西広小路の雑踏のなかゆえ、はっきりとしたことはいえないようだが、形を変え、ひげを生やした旅姿であったという。その者は三郎次に違いないというておる」

「江戸払いになったのではございませんか」

「さよう、江戸払いとは江戸に住むことはできぬ。だがな、旅の最中に立ち寄ることは許される。ゆえに江戸払いになったものが知り合いの家で一晩過ごす折は、草鞋履きの旅姿ならば大目に見られるのだ」

「存じませんでした。ということは、三郎次が江戸に戻っておると考えられる」

「そういうことだ。三郎次が江戸で未練を残す者がいるとしたら」

「佳乃どの」

「しかおるまい」

周五郎はしばし沈思した末に南峰に大きく頷いた。

「そなたが鼻緒屋におるときはよい。おらぬときが案じられる」

「またしばらく照降町に寝泊まり致しましょうか」

「それも一つの手じゃな」

と話が終わったという感じで南峰が湯船から立ち上がった。

四

佳乃は今日も下駄の鼻緒を挿げながら、周五郎の来るのがいつもよりだいぶ遅いと思っていた。そして、はたと気付いた。

(今日は南峰先生の稽古日だわ)

となると稽古のあと、鉄炮町の湯屋に立ち寄ったのかと思った。

鼻緒屋の店先に人の気配がした。

佳乃が顔を上げると、寅吉とふみの夫婦が立っていた。

「寅吉さん、おふみちゃん」

佳乃の声に誘われるように鼻緒屋の店に夫婦が入ってきた。

「よしっぺが照降町に戻っているとふみから聞かされたがよ、つい仕事が忙しくて会いに来られなかった、すまねえ」

と寅吉が詫びた。

「寅吉さん、詫びるのはわたしのほうよ。あの折、寅吉さんの言葉をちゃんと聞いていれば、三年の無駄はしないですんだのよ」

「そんなことはどうでもいいや、こうしてよしっぺが戻ってきたんだからな」

からりとした気性そのままの言葉だった。

「あんた、昔話よりいまの話を佳ちゃんに伝えてよ」

「おお、うっかりしていた」

「どうしたの、おふみちゃん、怖い顔して」

「よしっぺ、三郎次が江戸に戻ってきてやがる」

と寅吉が言った。

佳乃は体から力が抜けていくのを感じた。地獄の三年を照降町に戻ってようやく忘れかけたのに、また纏《まと》わりつくような嫌な感触が戻ってきた。

「おれがさ、竈河岸《へっつい》の普請場に古材をわけてもらいにいったと思いねえ。するとよ、あいつが猪牙に乗って浜町河岸のほうへ向かっていく姿を見たんだ。ありゃ、間違いねえ、三郎次だ」

「江戸払いではなかったの」

「おうさ、野郎は玄冶店の親分から江戸払いにされたと聞いたぜ。それでよ、おりゃ、荷車引いてよ、玄冶店の親分の家に横付けしてよ、親分に注進したと思いねえな。するとな」

「なに、野郎を見たってか。三郎次は道中姿だったか」

「菅笠は被っていたが、面はしっかりと見たぜ。三年会ってなくともよ、親分、おれたちは同じ奉公先で何年も仕事をしていた兄弟同然の間柄だ、見間違えることはねえ」

「だろうな。だがよ、寅吉、野郎が旅姿でよ、江戸を通り過ぎるだけだといわれると十手持ちのおれたちも手が出せねえんだ」

「そんなことがあるけえ、よしっぺに危害を加えたりしないとも限らねえぜ」

「その折はしっかりと野郎の首根っこを押さえこんでよ、こんどこそ小伝馬町の牢にぶち込んでやれるがな」


「……って親分がいうんだよ。いいか、よしっぺ、あいつがなにを考えているか知らねえが、この界隈の他を独り歩きするんじゃねえぜ」

と寅吉が佳乃に注意した。

しばらく沈黙して考えていた佳乃は、

「寅吉さん、三年前のわたしと違うわ。あいつなんかに二度と騙されるもんか」

と己に言い聞かせるように応えていた。

「ああ、そうだ、思い出した」

佳乃は弥兵衛が使う小道具入れの箱から赤い花柄の鼻緒の子ども用のぽっくり下駄を出して、ふたりに差し出した。

「おいちちゃんが履いて歩けるようになったら履かせてくれない」

「えっ、もうおいちの履物をこさえてくれたの、ありがとう、佳ちゃん」

「こちらこそ、三郎次のことを知らせてくれてありがとう」

と礼を言い合って、幼なじみ同士の夫婦がぽっくり下駄を手に鼻緒屋を出ていった。

四半刻後、周五郎が姿を見せて、

「南峰先生と鉄炮町の湯屋で長話をしておって遅くなってしまった」

「男同士で長話なの、いい話、悪い話」

「あまりよい話ではないな」

「お父つぁんのことなのね」

「そうではない」

周五郎は即答した。

弥兵衛の話はこの際、話題に出たとしても新たな状況はなにも考えられないし、鼻緒屋一家にとって決して喜ばしいことにはなるまい。弥兵衛の死は避けられない以上、周りの者が心静かに見守っていくべきかと周五郎は考えたからだ。

「ならばなに」

「そなたが聞けば腹が立とう、よいのか」

佳乃がしばし間をとった。

「三郎次がこの界隈に姿を見せたという話ではないの」

「なに、佳乃どのはもはや承知であったか」

周五郎は佳乃の返事にいささか驚かされた。

「幼なじみの夫婦が教えにきてくれたの」

佳乃は寅吉とふみがもたらした話を告げた。

「そうか、そうであったか。こちらは、南峰先生の知り合いがな、西広小路の人混みのなかで、ひげを生やした三郎次を見かけたというのだ。どうやら真のようだな。ただ江戸を通り過ぎるのであればよいが、そうではあるまい」

「寅吉さんにもそんな話聞いたけど、江戸を通り過ぎるとかなんとかいうのはどういうこと」

「江戸払いの沙汰を受けた者は江戸に住んではならぬ。ただし江戸を通り過ぎるという形をとれば江戸にいても御用聞きも手が出せぬそうだ」

「なんなの、それって」

「ともかくじゃ、三郎次の動きがはっきりするまで独り歩きはならぬぞ」

「寅吉さんもそう言ったわ」

「佳乃どの、それがし、今晩からこちらに泊まり込んでよいか」

しばし考えた佳乃が、ありがとうと礼を述べた。

佳乃と周五郎は淡々と仕事を夕刻までこなした。もはや三郎次の存在をふたりが口の端《は》にのぼらせることはなかった。

季節は弥生も半ばを過ぎていた。

桜も遅咲きの八重桜が盛りを迎えているくらいで葉桜へと移ろい、喘息の病いをもつ弥兵衛には、

「よい季節」

のはずだった。

だが、その夜も弥兵衛は粥に鶏卵の黄身をかけたものをわずか数口喉に落としただけだった。

佳乃は宮田屋の大番頭松蔵に頼まれて吉原の花魁の履物の注文を受けたことなどを弥兵衛に話した。だが、弥兵衛はただ、

「うんうん」

と頷くだけで言葉にして応じることはなかった。もはや口を開く元気も失っていた。それでも周五郎は、

「親方、それがしも古下駄の鼻緒挿げ替えばかりではのうて、ふだん履きの下駄や草履に新しい鼻緒を挿げることを佳乃どのにも大番頭さんにも許されてな、親方がそれがしに手ほどきしてくれたことが生きておるぞ。まだ半人前の職人には違いないが、あと数年もすれば親方も認める腕前になってみせる」

などともっともらしい話をした。だが、弥兵衛はもはや周五郎の言葉にもなんの反応も見せなかった。

五ツの頃合い、今晩から泊まり込むと言ったはずの周五郎は佳乃に見送られて、

「夕餉を馳走になった。美味かったとおかみさんに伝えてくれぬか」

と晩春の照降町に出た。

「おお、良い気候になったな。それではまた明日」

と言い残すと親仁橋のほうに向かって歩き出した。

佳乃が潜り戸を閉じてしっかりと戸締りをした。

周五郎は鼻緒屋に、いや、佳乃に未練を残す三郎次の気配があるかないか、五感を鋭敏にしながら親仁橋を渡り、杉森新道の長屋へと戻った。そして四半刻ほど行灯を灯していたが、灯りを消して寝に就いた。

そんな日々が繰り返された。

三郎次を江戸で見かけたとの話がでて四日目、周五郎は夕餉の途中で南峰の往診を願いにいった。

弥兵衛がひどい発作を起こし、なかなか喘鳴が止まりそうになかったからだ。周五郎の迎えに応じて南峰が照降町の鼻緒屋を訪れ、半刻ほど治療をしてなんとか喘鳴が治まった。

薬箱を手にした周五郎は、大塚南峰を送っていくことにした。

「佳乃どの、それがし、南峰先生を送っていき、こちらに戻ってこようか」

「お父つぁんは先生の治療でなんとか治まったわ。いつもどおり明日仕事に来て下さいな」

「ならば潜り戸をしっかりと締めて休まれよ」

と言い残した周五郎は南峰に同道して小船町の診療所に向かった。

「うむ、ここのところ剣術に目覚めたようじゃ。明日も明後日も道場に出るぞ」

南峰の言葉に、

「ほうほう、お医師が剣術に目覚められましたか。武村道場の師範の肩書、お譲りしましょうかな」

「悪くないな」

と南峰がにやりと笑った。

「ならば明日」

と言い交して周五郎は杉森新道の長屋に向かった。


佳乃が二階で寝に就いたのは九ツ（零時）を回っていた。

父親の弥兵衛の最期が近いことを今宵の発作で改めて思い知らされた。

いつの間にか、とろとろとした眠りに落ちていた。どこかで物音がした気配があったが、目覚めることはなかった。このところ仕事と弥兵衛の看病で疲れきっていた。

不意に頬をぴたぴたと冷たい感触が叩いた。

（だれ、なに）

佳乃が目を開けたとき、人影があった。

有明行灯の灯りに三郎次の荒《すさ》んだ顔が見えた。

「なにをするの、どこから入ってきたの」

「おめえを連れ出すのよ。おめえの家の懐具合次第でな」

佳乃は、がばっ、と上体を起こして逃げようとした。だが、草鞋履きの三郎次は、佳乃の髷を片手で摑むと匕首を首筋にあて、

「おとなしく階段を下りねえ」

「お父つぁんが病に臥せっているのよ。なにかしたら承知しないから」

「相変わらず口だけは達者だな」

佳乃は着込んだ浴衣の襟を片手で摑んだ。その姿のまま、狭い階段を下りた。するとそこに仲間がいた。

「錠前外しの和助だ。お互いよ、百叩きの上に江戸所払いになった仲間だ」

と三郎次がいい、

「金を出しねえ」

と一端《いっぱし》の悪党面で母親の八重に命じた。

「うちは鼻緒屋だよ、貧乏所帯だ。大した金なんぞないよ」

「おっ母さん、いいから、こいつにお父つぁんの薬代の銭を払って」

佳乃は匕首から逃れる方策はないかと考えながら八重に言った。

「ありゃ、なけなしの金子だよ」

と八重が言いながら部屋の隅におかれた銭函《ぜにばこ》から三両を出して三郎次に差し出した。

「和助、おめえが受け取りねえ、こっちは手が離せねえや」

と三郎次が仲間に命じた。

「たったの三両ぽっちか」

と言いながら和助が三両をひったくり、病間から仕事場へ飛び出し、潜り戸を開いた。続いて三郎次が佳乃の髷を摑んだまま照降町の通りへと引きずり出した。

和助は荒布橋へと走っていた。

「舟を回しねえ」

と三郎次が和助に言ったとき、八重の喚く声が響いた。

「押込み強盗だよ！」

「ちくしょう！」

罵り声を上げた三郎次は佳乃の髷を摑みながら荒布橋に向かった。すると和助が、

「くそっ、猪牙がねえ」

と三郎次に叫んだ。荒布橋の袂に着けていたのだろう。

「よく、見やがれ。舫《もや》い綱がほどけるはずもねえ」

佳乃の首筋に匕首をあてた三郎次と和助が橋の上から下を覗いた。佳乃の懐からお百度参りに使うこよりがぱらぱらと暗い水面に落ちた。

そのとき、堀留に止められていた屋根船がゆっくりと荒布橋に近付いてきて、屋根船の舳先に立っていた人影が三郎次に向かっていきなり竿《さお》を揮った。竿の先が三郎次の喉元を突き、さらに続いて和助の喉をも迅速に突き上げた。

ぐっ
と呻き声を上げたふたりが橋上に後ろ向きに叩きつけられた。

佳乃は欄干に寄り掛かりながら、屋根船の舳先の上から欄干に飛びついた影が八頭司周五郎だと分った。

「よしっぺ、幾晩もよ、三郎次の野郎、おれたちを待たせやがったぜ」

屋根船の船頭の声は幸次郎だった。

佳乃は、なにか答えようとしたが声が出なかった。

「佳乃どの、いささか遅れたようで痛いめに遭わせたな、すまなかった」

と詫びる周五郎に佳乃が抱きついて泣き出した。

照降町の店々から男衆が心張棒や暖簾を吊るす木の棒や商いものの草履などを手にして飛び出してきた、なかには提灯を持った者もいた。その提灯の灯りが三郎次と和助に差し出されて、欄干の下に気を失って転がった顔を照らした。

「三郎次じゃありませんか、なにをやらかしたんですね」

「押込み強盗！　と叫ぶ声はお八重さんではなかったですかな」

「そうだ、お八重さんですよ。こやつら、鼻緒屋に強盗に入りましたかな」

「とうとう落ちるところまで落ちましたな」

などと言い合った。

「周五郎さんよ、おれがひとっ走り、玄治店の準造親分を呼んでくるぜ」

屋根船を荒布橋の袂に舫った幸次郎が照降町を親仁橋へと駆け出していった。

「怖い思いをさせたな」

周五郎が涙を流す佳乃の背中をさすりながら言った。

「へっ、三郎次なんて怖くありませんよ。照降町の女はそんなやわじゃないんだからね」

と佳乃が涙声で強がった。

「佳乃さん、裸足じゃありませんか、うちの草履でよかったら履きなさいな」

と道中用の草鞋や草履を商う井筒屋の番頭、兼造が店から持ち出した草履を佳乃の足元に置いた。

「ありがとう、兼造さん」

佳乃は周五郎から体を離すと礼を述べた。

「佳乃どの、親方のもとへ戻ろうか」

草履を履いた佳乃が、

「ちょっと待って」

と周五郎に願うと、荒布橋の袂に立つ老梅に歩み寄り、青葉の幹に両手でふれて瞑目した。

荒布橋の老梅は照降町界隈の御神木だった。

佳乃は老梅に何事か話しかけていた。

「やっぱりうちの御神木は霊験あらたかですよ」

「百年以上もこの界隈を守ってくれたんですものね」

「なにがあろうと、この白梅の花が咲き、葉が茂るようなれば照降町は安泰です」

と住人たちが言い合うところに幸次郎が玄冶店の親分と手先を連れてきた。

御用提灯の灯りで三郎次と錠前外しの和助の顔を確かめた準造親分が、

「三郎次め、これで江戸払いでは済まなくなったな」

「親分、獄門台かね」

と住人のひとりが尋ねた。

「鼻緒屋は、いくら奪われたえ」

と準造が周五郎に尋ねた。

「それがし、その場にいなかったでな、弥兵衛親方からこやつらがいくら強奪したか知らぬな」

そのとき、佳乃が御神木の幹から手を離し、親分を振り返って、

「たった三両ぽっち、という声を聞きました」

と言った。

手先たちが和助の懐を調べ、

「あったぜ、むき出しの三両がよ、親分」

「ふーん、余罪があれば獄門台かもしれねえな。まあ、遠島は免れめえよ」

と準造が言った。

「よし、三郎次と和助を縛りあげねえ、大番屋に連れ込もう。調べは明日でいいな」

佳乃が頷いた。

「佳乃さんよ、これで三郎次に付きまとわれることはねえ、それだけはおれの口から言えるな」

三郎次と和助の身柄は幸次郎の屋根船に乗せられて南茅場町の大番屋へと運ばれていくことになった。

「幸ちゃん、ありがとう」

佳乃が船頭の幸次郎に礼を述べると、

「その言葉はお侍さんに言いな。お侍さんの願いでよ、おれたち、小船町の河岸で幾晩も夜明かししたんだからよ」

と言い残して屋根船は日本橋川へと出ていった。

佳乃は、うちに泊まるといった周五郎が長屋に帰るふりをして実は堀留に止めた屋根船で幸次郎と夜明かしし、三郎次がくるのを待っていたことに気付いた。

照降町の橋に周五郎と佳乃が残された。

「ありがとう、八頭司様」

「身内の間柄で礼は要るまい。そうではないか、佳乃どの」

うん、と応じた佳乃が周五郎の手を握り、鼻緒屋へと歩き出した。

「わたし、照降町に戻ってきてよかったわ」

という佳乃のしみじみとした呟きに周五郎は黙って頷いた。

文政十二年晩春三月二十一日未明のことだった。

佐伯泰英（さえき・やすひで）

一九四二年、北九州市生まれ。日本大学芸術学部卒。デビュー作『闘牛』をはじめ、滞在経験を活かしてスペインをテーマにした作品を発表。九九年、時代小説に転向。「密命」シリーズを皮切りに次々と作品を発表して高い評価を受け、〈文庫書き下ろし時代小説〉という新たなジャンルを確立する。

おもな著書に「居眠り磐音」「酔いどれ小籐次」「吉原裏同心」「夏目影二郎始末旅」「鎌倉河岸捕物控」「交代寄合伊那衆異聞」「古着屋総兵衛影始末」「空也十番勝負　青春篇」各シリーズなど多数。

二〇一八年、菊池寛賞受賞。

初詣《はつもう》で　照降町四季《てりふりちょうのしき》（一）

二〇二一年四月十日　第一刷発行

著者　佐伯泰英《さえきやすひで》
発行者　大川繁樹
発行所　株式会社　文藝春秋
〒一〇二―八〇〇八
東京都千代田区紀尾井町三―二三
電話　〇三―三二六五―一二一一
印刷所　凸版印刷
製本所　加藤製本

ISBN978-4-16-391356-8